DARK SIDE

**Quand la réalité dépasse la fiction,
on imprime la réalité.**

FAAITE, L'ÎLE ENSORCELÉE
ET AUTRES HISTOIRES

PULP NON FICTION

FAAITE, L'ÎLE ENSORCELÉE
ET AUTRES HISTOIRES

DARK SIDE
c/o hachette

SOMMAIRE

LES CHRONIQUES DU TRUE CRIME

FAAITE, L'ÎLE ENSORCELÉE ET AUTRES HISTOIRES

SOMMAIRE

LES CHRONIQUES DU TRUE CRIME

HYSTÉRIE MYSTIQUE

FAAITE, L'ÎLE ENSORCELÉE

Par Mathieu Respan

Debout sur le toit de sa maison, à deux pas du rivage, l'homme contemple la foule, un sourire extatique aux lèvres. Ses joues sont mangées par une barbe miteuse. L'aube de prêtre qu'il porte est beaucoup trop grande pour lui, mais il bombe le torse et dresse son crucifix vers le ciel immense.
— Tremblez, car la vague est là qui approche et vous engloutira tous ! Repentez-vous, expiez vos péchés avant qu'il ne soit trop tard !
On croirait presque à un gag. Mais dans les dizaines de regards qui convergent vers lui, on ne lit aucun amusement. Que de l'effroi. Certains tombent à genoux, les mains jointes dans une prière frénétique. D'autres, apeurés, scrutent leurs voisins, comme s'ils craignaient de les voir se transformer en monstres. D'autres encore se ruent vers la plage et se jettent tout habillés dans l'eau, en poussant des cris de possédés.
L'orateur reprend sa harangue, un doigt pointé vers l'horizon :
— Où courez-vous ? Vous ne pouvez pas fuir, il n'y a que de l'eau autour de nous ! Vous ne pourrez pas vous échapper !

Le prédicateur a raison sur un point : une catastrophe est en marche. Ce n'est ni un raz-de-marée ni un typhon envoyé par la colère divine, mais une vague de folie collective pure, plus dévastatrice encore, qui va faire basculer ce paisible îlot dans une barbarie sans nom.

La mécanique s'est mise en place trois semaines plus tôt, le lundi 3 août 1987. Ce matin-là, le soleil est déjà haut sur Faaite, minuscule atoll de l'archipel des Tuamotu, en Polynésie française, lorsqu'un bateau à moteur fend les eaux turquoise du lagon. À bord, trois femmes. Trois matrones corpulentes d'une cinquantaine d'années, arrivées tout droit de Tahiti, à 400 kilomètres au nord-est. De la visite ! Voilà un événement hors du commun, qui met aussitôt l'île en émoi.

Pour bien comprendre ce qui va suivre, il faut saisir ce qu'est Faaite : une petite bande de sable perdue au beau milieu du plus vaste océan de la planète, quelque 9 kilomètres de terres émergées seulement, qui entourent un lagon de 230 km². Hormis le bateau qui approvisionne la population en vivres une fois par mois, rien ne relie ce confetti au reste du monde. Il n'y a pas de télévision, pas de téléphone, pas d'aéroport, pas de touristes en maillot de bain. Les quelque deux cents habitants de l'atoll vivent à l'écart, au rythme de la pêche et de la récolte des noix de coco. On se croirait au temps du jardin d'Éden : un décor paradisiaque, une mer généreuse en poissons et en langoustes, des gens simples et paisibles. Pour régler les rares conflits, on peut compter sur le maire, Michel Teata, et sur le père Nicolas, prêtre itinérant qui se déplace d'île en île.

En temps normal, ces notables seraient les premiers à accueillir les trois visiteuses. Hélas, ce jour d'août, ils sont l'un et l'autre absents ; le premier est en voyage à Papeete, le second visite une autre île de sa paroisse, à environ 1 000 kilomètres de là. Autrement dit, il n'y a rien ni personne pour s'opposer au déferlement qui approche.

***

SUR LE DÉBARCADÈRE, la plus imposante des trois femmes, une certaine Sylvia Alexandre, 52 ans, rajuste ses lunettes fumées et lance avec autorité :

– Mes très chers amis, c'est l'archevêque de Tahiti qui m'envoie. Réunissez tout le monde à l'église, j'ai une annonce importante à vous faire !

– Mais personne ne nous a prévenus, s'étonnent quelques voix.

– On n'a pas eu le temps ! C'est trop grave, il a fallu faire vite !

Après un moment d'hésitation, les villageois s'exécutent, et escortent les visiteuses jusqu'à l'église. Grave erreur de jugement. Jamais le clergé de Tahiti n'aurait confié une quelconque mission à ce trio, et surtout pas à Sylvia Alexandre.

À Papeete, on se méfie de cette femme, membre du Renouveau charismatique, courant de « réveil spirituel » pentecôtiste apparu dans les années 1960. Elle écume les groupes de prière pour parler du diable et « guérir » les malades par imposition des mains. L'archevêque lui-même a demandé à Sylvia de cesser ses activités. Elle n'en a rien fait. Renoncer à ses prêches ? C'est pour elle impossible. Alors elle s'est exilée jusqu'aux confins de la Polynésie, à Faaite.

Campée sur l'autel, elle entame son sermon, le visage gonflé d'importance :

– Il semblerait qu'un mal obscur soit à l'œuvre sur l'île, dit-elle, et nous allons tenter de le combattre ensemble. Il va falloir beaucoup prier... Rassurez-vous, je suis capable de chasser le mal et de guérir les souffrants !

Dans la partie de l'église réservée aux hommes, un dénommé Desmey fronce les sourcils. Il n'aime pas du tout l'air exalté de cette Sylvia. Jamais le père Nicolas ne s'est adressé à eux de cette façon, jamais il n'a proposé de guérir les malades... Quand deux vieilles dames se lèvent et clopinent jusqu'à l'autel pour bénéficier de la séance de « guérison », Desmey pousse un profond soupir. Il préfère sortir.

D'autres, au contraire, sont emballés. Quelque chose, dans la ferveur de Sylvia, parle au cœur des plus naïfs. Les jours suivants, ils sont de plus en plus nombreux à venir l'écouter. La matrone prêche inlassablement, quatre fois par jour, deux heures durant. Et ça ne lui suffit pas. À la tombée de la nuit, elle choisit un « faré » – une maison traditionnelle polynésienne – pour y tenir une veillée de prières.

Un soir, Sylvia se présente chez Desmey, impérieuse :

– J'ai besoin de ton faré aujourd'hui !

En Polynésie, l'hospitalité est un devoir sacré. Le jeune homme n'a d'autre choix que d'ouvrir sa porte. Quelques heures plus tard, il découvre à domicile les prédications enflammées de la prêtresse autoproclamée, qui invite ses nouveaux disciples à confesser leurs secrets les plus honteux. On la voit rouler des yeux, prendre successivement une petite voix douce ou une grosse voix tonnante. Parfois, elle vomit subitement, comme pour expulser le démon. Mais dans le faré, la plupart crient au miracle.

Trois semaines durant, Sylvia échauffe ainsi les esprits. Jusqu'à ce jour où elle annonce cette prophétie terrible :

– J'ai vu le diable sur Faaite, j'ai vu la colère de Dieu. J'ai vu la vague, au loin, qui s'approche, la vague qui va tout emporter si nous ne chassons pas le Malin !

Cinq ans plus tôt, l'île a connu un cyclone terrifiant, qui a failli la rayer de la carte. Et si Sylvia disait vrai ? Et s'ils ne s'étaient pas comportés en bons chrétiens ? Il faut prier, vite, avec ferveur, pour éviter la catastrophe !

Dans le camp des sceptiques, à part Desmey, on ne compte plus guère que Christian Morhain, l'instituteur, obligé de modifier ses horaires de cours pour laisser les enfants assister aux messes. Ou encore Harrys Ioane qui, en tant qu'adjoint au maire, tente comme il peut de s'opposer à la prêtresse. Et enfin Marcellino, qui revient tout juste d'une longue campagne de pêche à la langouste. En accostant, il a eu l'impression d'arriver sur une terre étrangère : personne pour lui souhaiter la bienvenue, lui demander si la pêche a été bonne, ni l'inviter à boire une bière. Rien que des zombies aux visages hallucinés, qui lui soufflent :

– Viens à la messe ! Viens avec nous !

***

À LA FIN DE CE MOIS D'AOÛT, c'est avec un profond soulagement que Marcellino, tout comme Desmey et Christian, apprend la nouvelle du départ de Sylvia. La prêtresse veut aller évangéliser une autre île. Avant de partir, elle organise un banquet, théâtre d'une scène effrayante. Tel le messie, elle désigne une poignée de jeunes gens pour en faire ses apôtres :

– À toi, Gérard, je donne la puissance du fils de Dieu ! Tu seras pour moi le serviteur de la communion spirituelle. À toi, François, j'offre le pouvoir de guérison. Et toi, Paul, tu seras le messager de Dieu pour ta communauté.

Un autre reçoit le don de faire parler les timides, un autre encore celui de chasser le démon des esprits impurs... En tout, ils sont ainsi une dizaine, follement fiers de leurs fonctions, prêts à poursuivre l'œuvre.

Quand elle quitte l'île le lendemain, le 27 août 1987, Sylvia y laisse bien plus que l'écho de ses paroles. Elle y laisse ses disciples, fermement décidés à exercer leur nouvelle autorité. Et ils se mettent à l'ouvrage. L'un va voir le paralytique du village et lui ordonne de guérir, en criant : « Lazare, lève-toi et marche ! » Hélas, ça ne fonctionne pas, ce qui semble étonner tout le monde. Et si c'était le démon qui agissait en sous-main, pour empêcher le miracle de se produire ?

Un autre prend sur lui de poursuivre les fameuses séances d'exorcisme collectif. Parmi les sceptiques, Ioane commence à en avoir par-dessus la tête. L'adjoint au maire débarque un soir en pleine psalmodie et demande à l'orateur exalté d'arrêter son sermon.

– Ce n'est pas ça, la religion, lui dit-il. La messe, ce doit être comme le père Nicolas nous l'a enseignée. Et seulement comme ça...

Son intervention jette un profond malaise. Si Dieu a confié ses pouvoirs à Sylvia, qui à son tour les a transmis à ses « apôtres », pourquoi et au nom de qui Ioane s'y oppose-t-il ? Et s'il était lui-même l'instrument des forces sataniques ?

Le soir même, rentré chez lui, Ioane entend du bruit devant sa porte. Il ouvre et tombe sur une poignée de fanatiques qui le jettent au sol et le rouent de coups. C'est un déchaînement de violence bestiale, l'un des agresseurs lui crève les yeux avec un crucifix, un autre lui enfonce des morceaux de bois dans la gorge pour en extraire le démon, en grattant jusqu'au sang.

– Sors ! Sors ! hurlent les enragés en massacrant celui qui hier encore était leur voisin, leur ami, peut-être leur parent.

Une véritable boucherie. L'un des jeunes, particulièrement musclé, enserre entre ses bras le cou de Ioane pour expulser le diable. Quand il relâche son emprise, le malheureux s'écroule au sol, immobile. Les forces sataniques ne l'habiteront plus. Il est mort.

Parmi les meurtriers, il y a alors un moment de flottement. Ils ont l'air surpris d'avoir tué. Et maintenant, que faire ? Enterrer la victime ?

— Surtout pas ! décrète l'un d'eux. Le démon se propagerait par la terre... Il faut brûler le corps !

Quelques minutes plus tard, sur le petit terrain situé face à l'église, les branchages s'amoncellent. On apporte un bidon d'essence. Et à la nuit tombée, les flammes jaillissent, envoyant vers le ciel une épaisse colonne de fumée noire, dans une horrible odeur de chair calcinée. Le point de non-retour a été atteint.

***

À PRÉSENT, LA FOLIE S'EMPARE DU VILLAGE ENTIER. Tautu, appelé « l'idiot du village », se hisse au rang de prédicateur inspiré. C'est un vieil homme un peu demeuré, édenté, connu pour ses impressionnantes crises d'épilepsie. Un esprit faible, qui se laisse emporter à son tour par l'exaltation collective. Dans les heures qui suivent la mort de Ioane, on le voit sortir de l'église habillé d'une aube de prêtre qu'il a volée dans la penderie. Un crucifix à la main, il parcourt, en transe, les rues de la bourgade. Puis il monte sur le toit de sa maison et se met à haranguer la foule.

— Repentez-vous avec moi !

Ces mots, dans cette bouche, en temps normal auraient fait rire. Mais à présent, la démence s'est emparée des esprits. Où est le démon ? Qui est habité ? Qui est possédé ? Un climat de suspicion malsaine s'installe, chacun voit l'ennemi partout.

Les apôtres, débordés par plus exalté qu'eux, décident de reprendre leur pouvoir. Ils saisissent Tautu, l'attachent à un arbre, puis annoncent le programme :

— Dieu nous ordonne de brûler Tautu !

Mais certains villageois refusent.

— Il n'y a qu'à faire un essai, propose alors l'un des disciples. Si le feu ne lui fait pas mal, ce sera la preuve que le démon est en lui !

Voilà qui convainc tout le monde... On attrape Tautu, on le balance sur le bûcher. Le vieil homme hurle évidemment de douleur. On le repêche in extremis pour l'éloigner des flammes. À cet instant, une personne courageuse prend la parole :

— Arrêtez ! On ne brûle pas les gens comme ça ! Il faut appeler un prêtre, à la capitale, pour savoir ce qu'il faut faire !

Une majorité des personnes présentes approuve, si bien qu'on envoie Paul, le facteur local, jusqu'au petit bureau de poste où se trouve le seul appareil radio de l'île. De précieuses minutes s'écoulent encore avant que la liaison ne s'établisse et qu'on entende la voix d'un homme d'Église, entre les grésillements de la ligne. Comment lui expliquer l'incroyable situation ?

– Il se passe des choses très graves ici ! annonce le postier. On pense que l'un des nôtres, le vieux Tautu, a le démon en lui… Il est ligoté. Qu'est-ce qu'on doit faire de lui ?

– Quoi ? Mais détachez-le tout de suite, voyons !

Hélas, Paul n'aura pas le temps de transmettre l'instruction.

Au même moment, une jeune maman, qui tient dans ses bras une toute petite fille de 2 ans, s'approche du bûcher. Dans la culture tahitienne, les enfants en bas âge sont symbole de pureté. Et voilà que la gamine se met à babiller :

– Tutu ! Tutu ! croient entendre les témoins.

Un mot qui signifie « brûler » dans le dialecte local. Il n'en faut pas plus pour que certains décrètent qu'à travers la petite, c'est Dieu lui-même qui vient de s'exprimer. On réexpédie le pauvre homme dans l'enfer des flammes. Et cette fois, malgré ses cris, on l'y laisse. Au soir de cette journée de folie, Tautu est décédé. Brûlé vif. Il y a déjà deux morts sur l'île. Et le délire en marche est désormais impossible à arrêter…

***

Quelques heures plus tard, Christian Morhain, l'instituteur, se présente à l'entrée du petit bureau de poste de Faaite. Mais trois jeunes montent la garde, lui barrant l'accès au seul moyen de communication qui relie l'îlot au monde extérieur : le poste radio émetteur.

– Laissez-moi entrer, dit-il avec assurance. J'ai une information urgente à passer…

– Bien sûr, vas-y.

Le soulagement est de courte durée : les trois hommes escortent l'enseignant dans le local et l'entourent tandis qu'il se branche sur la fréquence de la station Mahina, la radio des îles de Polynésie. La survie de dizaines de personnes, le salut de la communauté tout entière dépendent de ce qu'il s'apprête à dire. Impossible, pourtant, de s'exprimer clairement, de raconter les séances d'exorcisme ou les villageois jetés vivants sur le bûcher. Un mot de trop et il sera le prochain à griller sur le brasier. Quand la liaison est établie, il lance son appel à mots couverts :

– Il se passe des choses graves ici. Il faut que vous veniez ! Il faut que vous veniez très vite !

Mais il en a trop dit, déjà on lui arrache le micro des mains et on le pousse dehors. Heureusement, il échappe aux flammes. L'instituteur a fait ce qu'il a pu… Si le message n'est pas compris, si à Papeete, la capitale, on n'a pas bien entendu, alors Faaite est perdue.

Car pendant ce temps, la démence continue de gagner du terrain. Un jeune homme du village qui passe embrasser sa mère la trouve dans un état « suspect ». Elle paraît aller mal. Sans doute malade, elle dégage une vilaine odeur. Son fils, terrifié, croit aussitôt reconnaître là l'œuvre du démon. Il traîne la pauvre femme jusqu'au lagon, pour un bain purificateur. Elle se débat, mais le garçon, bientôt rejoint par une dizaine de fanatiques, ignore ses cris. Après l'avoir aspergée des heures durant, les « apôtres » la forcent à ouvrir les mâchoires et lui lacèrent la gorge jusqu'au sang pour en faire sortir le malin.

Au petit matin, alors que la malheureuse a perdu conscience, son fils la charge sur son épaule et marche jusqu'au brasier, dont les flammes atteignent six mètres de hauteur. Se rend-il seulement compte que c'est sa propre mère qu'il jette au feu ? Sans doute pas... Devant le bûcher où noircit le cadavre, il éclate de rire et pousse des cris de joie :

– Dégage ! Dégage, Satan !

Un peu plus loin, c'est un vieux du village qui se fait agresser : il a détourné les yeux quand un jeune s'est approché de lui, signe évident de possession. Sans autre forme de procès, on l'étrangle à l'aide d'une corde et on le balance à son tour dans les flammes.

Les derniers habitants à n'avoir pas cédé à la folie collective – comme Christian, l'instituteur – se terrent chez eux. S'ils s'interposent, ils savent ce qui les attend.

À la nuit tombée, une partie du village se rassemble dans une petite maison proche du débarcadère : lors de son passage, Sylvia Alexandre, la prêtresse, a décrété que cette masure était bénie. On y prie tous ensemble, on chante avec ardeur pour repousser le démon. Mais voilà qu'au milieu de la veillée, un jeune homme, Mareko, se sent mal.

– Ma gorge me brûle ! hurle-t-il. Aidez-moi ! Sortez Satan de mon corps !

Les autres se penchent sur lui, lui ouvrent la mâchoire en grand et tentent d'aller chercher le diable dans les tréfonds de son œsophage, d'abord avec les doigts, puis avec une cuiller en métal ! On lui fait boire des litres d'eau de mer, censés l'apaiser. Mais Mareko ne va pas mieux.

– Ils sont six ! Six démons en moi qui me torturent !

– Nomme-les ! lui ordonne l'un des « apôtres ».

– Il y a le vieux Ravigaru, Huri Paï et Simone sa femme, et Mahine, et Hiro, et Tetumu. Ils sont en moi, surtout Ravigaru ! Il me possède !

Les noms que Mareko a cités sont ceux de gens du village. On part aussitôt chercher Ravigaru, équipés de cordes et d'un harpon de pêche. À cet instant, le vieillard est dans son lit. Bondissant sur lui, les apôtres lui éclairent les pupilles avec une lampe torche. Elles se dilatent !

C'est un signe ! Ravigaru est traîné à l'extérieur et jeté vivant dans les flammes.

Puis on se précipite chez Simone, la propre sœur du maire. Au moment où on la livre au feu, ligotée, la pauvre femme lance ces derniers mots :

– Si j'ai pêché, j'accepte d'être punie par Dieu, mais pas par les hommes, pas par vous !

***

Au matin du 4 septembre 1987, la chasse au démon a déjà fait six morts. Et le bûcher brûle toujours, dans l'attente des prochaines victimes... Car il reste du monde sur la liste ! Mais c'est alors que par-delà la barrière de corail, un bruit de moteur résonne. Un bateau est à l'approche, avec à son bord le père Hubert Coppenrath, dépêché par le clergé de Tahiti, et Michel Teata, le maire de Faaite. Ils ont accouru en catastrophe après l'appel de l'instituteur.

Lorsque les deux hommes mettent le pied sur l'île, ils ont tout juste le temps de secourir un malheureux, attaché près des flammes. Le maire ne saurait dire ce qui le choque le plus. Ce meurtre évité in extremis ? Les ossements humains qui se calcinent dans le brasier ? Ou bien la lueur fanatique qu'on lit dans le regard des habitants, qui expliquent d'eux-mêmes, comme si tout cela était normal, les exorcismes et la purification par le feu ?

Une heure après son arrivée, Michel Teata fait venir d'une île voisine le médecin de l'archipel qui administre à chacun des villageois des anxiolytiques...

L'épisode d'hystérie mystique semble terminé. Lorsque les gens sortent de leurs transes, de très longues heures plus tard, beaucoup peinent à comprendre. Était-ce un cauchemar ? Hélas, les cendres du bûcher sont toujours là, ultime témoignage de leur délire. Les morts ne reviendront pas. Quinze hommes, en revanche, sont menottés et emmenés loin de leur île, jusqu'au pénitencier de Nutania.

Quel sens donner à une telle vague de furie ? Lorsque l'enquête démarre, les gendarmes ont l'étrange impression d'interroger non pas des criminels, mais des villageois paisibles, eux-mêmes horrifiés par ce qu'ils ont été capables d'accomplir. Pendant la reconstitution des faits, quand les prévenus reviennent pour la première fois à Faaite, les proches des victimes les accueillent avec des colliers de fleurs ! Puis on assiste à cette scène surréaliste : le soir venu, une fois le travail de reconstitution achevé, accusés, gendarmes et victimes entament une longue partie de foot, avant de plonger tous ensemble dans le lagon !

À Faaite, on sait bien que ces hommes ont été envoûtés et que le véritable auteur des meurtres, ce sont les idées folles qu'une prêtresse est parvenue à leur souffler.

***

En mars 1990, ce drame a été jugé devant la justice de Papeete. Vingt-six personnes en tout se trouvaient sur le banc des accusés. Et la cour, déstabilisée devant l'ampleur de la tragédie, a tenté de comprendre. Comment des gens, frères, sœurs, cousins, neveux, qui avaient toujours vécu en bonne entente, ont-ils pu s'entretuer lors d'une chasse aux sorcières digne du Moyen Âge ?

Les avocats des prévenus ont plaidé la folie collective. En vain : les accusés ont été condamnés à des peines allant de trois à quatorze années de prison. Mais avant l'énoncé du verdict, l'un d'eux s'est tourné vers la « prêtresse » Sylvia Alexandre, présente à l'audience, mais exempte de poursuites, puisqu'elle n'a pas directement participé aux meurtres.

– Tu disais : « Je suis votre sauveur. » Tu disais ces paroles et nous avons cru en toi. Pourtant, c'est par toi que tout ceci est arrivé. Sylvia... Pourquoi nous as-tu fait cela ?

Impassible, la quinquagénaire a répondu, d'une voix douce, presque maternelle :

– Je n'ai pas fait de mal à votre île. Je vous ai aimés comme des frères et sœurs. Dans la prière.

Aujourd'hui, tous les protagonistes du drame ont fini de purger leur peine, et la plupart sont retournés sur l'atoll de Faaite, où l'on n'évoque plus l'incroyable épisode qu'à demi-mot. L'ancienne église a été détruite. En lieu et place du bûcher, une croix a été érigée, sans aucune inscription. Et même s'ils n'en parlent pas, les habitants ne vivent plus seulement avec l'océan, les cocotiers et l'isolement. Ils doivent aussi composer avec les fantômes des victimes. FIN

POUR TOUT L'OR DU MONDE

L'AFFAIRE KARL KARLSEN

Par Anne André

« À l'aide ! Il y a eu un accident. Mon fils... Oh mon Dieu... »
Il est 16 h 10, ce 20 novembre 2008. Une femme sanglote au téléphone. Les secours ont du mal à saisir ce qu'elle dit.
— Votre fils a eu un accident ?
— Mon beau-fils. La camionnette est tombée sur lui. Il... il est coincé en dessous !
— Vous êtes près de lui en ce moment ?
— Non. C'est mon mari qui est avec lui. Il ne respire pas. Il a la poitrine enfoncée. Oh mon Dieu, mon Dieu !
Cindy Karlsen éclate en sanglots nerveux. Le fils de son mari a été écrasé par la camionnette qu'il était en train de réparer. Le système de levage a dû céder. Un terrible accident. Mais est-elle seulement sûre que c'était bien un accident ? Le garçon était tout seul au moment des faits...

L'HORREUR. Les gyrophares bleus et rouges des voitures de police et de l'ambulance dans la cour du ranch. Le corps qu'on sort sur un brancard, recouvert d'un drap blanc. Plus rien à faire. Levi est mort. Levi, ses 23 ans, ses yeux rieurs derrière ses lunettes rondes. Toujours prêt à rendre service. C'est lui qui avait proposé de réparer la fourgonnette quand son père lui a signalé que les freins ne fonctionnaient plus. Ils n'entendront plus jamais sa voix, son rire...

– C'est vous qui l'avez trouvé ? interroge un policier.

– Non, c'est mon mari. On l'a retrouvé en rentrant des courses.

Cindy répond aux questions des policiers, tout en observant, par la porte ouverte de la cuisine, Karl, son mari, qui se mouche bruyamment, effondré sur une chaise. Son chagrin sonne faux. La jeune femme s'en veut d'avoir une telle pensée en pareille circonstance. Mais c'est ainsi : Karl n'est pas naturel, il mime la douleur. Depuis quinze ans qu'elle partage sa vie, elle a fini par n'avoir plus aucune confiance en lui. Trop d'événements bizarres sont survenus dans son entourage. Trop d'accidents avec, à la clé, un décès et le versement de mirobolantes primes d'assurance... Karl serait-il allé jusqu'à « causer un accident » à son propre fils ?

Au début, Cindy a cru les histoires de son mari. La façon dont il lui a raconté la mort tragique de Christina, sa première épouse, l'aurait presque fait pleurer.

***

C'ÉTAIT IL Y A DIX-SEPT ANS, en 1991, le jour de l'An. À l'époque, Karl habite avec sa première épouse à Murphy, une petite ville de Californie, dans une jolie villa, au pied des collines de la Sierra Nevada. Une famille heureuse, selon Karl. Il travaille dans l'usine métallurgique de son beau-père, Christina élève les petits. Et puis, le drame. Un court-circuit et la maison flambe comme une allumette. Le tapis, les murs s'enflamment à toute vitesse. Karl réussit à extraire les trois enfants de la maison mais, hélas, il ne parvient pas à sauver sa femme, prise au piège à l'intérieur de la salle de bains.

– Il y avait un bidon de kérosène dans le couloir, à côté de la salle de bains, a-t-il raconté à Cindy. Il y a eu comme une boule de feu qui a tout ravagé.

Il a fallu tout un enchaînement de malchances incroyables pour aboutir à la mort de Christina. Si la jeune femme n'a pas pu s'échapper par la fenêtre de la salle de bains, c'est que la veille au soir, Karl avait brisé un carreau et qu'il avait cloué des planches en attendant le vitrier.

Ainsi Christina a-t-elle été prise au piège dans une pièce sans issue, essayant en vain d'arracher les planches pendant que les fumées l'asphyxiaient peu à peu. Cindy a vu des photos : Christina était très jolie, vive. Elle avait 30 ans quand le drame est arrivé.

– J'ai essayé d'entrer par tous les moyens, mais le feu était trop violent, lui avait encore raconté Karl. Je hurlais, j'appelais Christina, mais elle ne répondait pas, comme si elle avait été immédiatement asphyxiée. Quand les voisins sont arrivés, c'était trop tard, c'était fini.

Quelques jours après les obsèques, Karl part avec ses trois enfants « pour fuir une région trop pleine de souvenirs », raconte-t-il. Ils vont sur la côte est, dans le comté de Seneca. C'est là que Cindy le rencontre, un an plus tard. Elle élève les trois enfants de Karl comme si c'était les siens. Si jeunes et privés de leur mère... L'aînée, Erin, a longtemps fait des cauchemars : « Maman crie. Elle appelle papa au secours. On l'entend à l'intérieur. »

Une scène imaginée par une petite fille de 7 ans. Forcément imaginée : Christina est morte en quelques minutes, selon Karl. La petite n'a pas pu l'entendre crier au secours. Et quand bien même, qu'est-ce que ça changerait ? La police a conclu à un incendie accidentel, même si le père de Christina n'a jamais voulu admettre cette version. Le kérosène renversé devant la porte, la fenêtre obstruée par des planches ? Une succession de bizarreries qui nécessitait une enquête, selon lui. Mais le shérif du canton, un homme borné qui préférait traîner au bistrot plutôt que de travailler ses dossiers, avait conclu à l'accident.

Karl a empoché les 200 000 dollars d'assurance-vie qu'il avait souscrite au nom de Christina moins d'un an avant le drame.

C'est avec cet argent qu'il achète le ranch de Varick. Un rêve de gosse, comme il le répète souvent. Une magnifique maison en bois blanc avec une dépendance, un terrain immense et des chevaux. Les rires des enfants dans les grandes pièces claires. Et puis un soir de 2002, le feu, encore le feu, prend dans la grange, violent. Les chevaux sont brûlés vifs dans leurs box. Les bêtes étaient assurées. Karl reçoit 118 000 dollars. C'est après ce deuxième « accident » que Cindy commence à se sentir mal à l'aise. Deux incendies, dans des conditions presque identiques… C'est troublant. Karl a pris quelques rides avec les années mais il reste le même homme souriant, bricoleur, rassurant. Un tueur, lui ? Un incendiaire ? Elle se traite d'idiote, de folle, jusqu'à ce troisième drame, en novembre 2008. Levi, écrasé dans la grange par la fourgonnette qu'il réparait.

Cette fois, Cindy est saisie de terreur : elle connaît bien Karl, elle voit qu'il surjoue la douleur devant les policiers. Mais il n'a pas pu tuer son propre fils, c'est impossible. À nouveau, Cindy se dit qu'elle est en plein délire paranoïaque…

***

Mais dix-sept jours après l'enterrement, son mari lui annonce qu'un an auparavant, il avait souscrit une énorme assurance-vie sur la tête de Levi. Sept cent mille dollars !

Cindy se lève précipitamment et se détourne pour que Karl ne voie pas à quel point elle est terrifiée. Tout défile dans sa tête comme un film morbide. La mort de Christina. Impossible de chasser l'image terrifiante de Karl en train de clouer méthodiquement les planches de la fenêtre de la salle de bains comme on cloue un cercueil. Il l'a fait. Il a assassiné sa femme de la pire des manières, tout comme il a mis le feu à la grange où étaient enfermés les chevaux et comme il vient d'assassiner son propre fils. Cindy revit mentalement la journée du 20 novembre. Leur départ pour le supermarché. La voiture garée dans l'allée. Karl qui entre dans la grange où Levi répare la camionnette. Il y reste de longues minutes.

Que fabrique-t-il durant ce laps de temps ? A-t-il débloqué la sécurité qui maintenait le véhicule en position surélevée alors que son fils était couché en dessous ? Cindy essaye de se remémorer son visage quand il est ressorti de la grange. Mais elle n'a pas fait attention. Il était comme d'habitude. C'est probablement ça le pire. Se dire qu'il a pu écraser son fils sous une voiture et continuer sa journée comme si de rien n'était !

Que faire ? Prévenir la police ? Mais Cindy n'a aucune preuve.

Dans les trois cas, l'enquête a conclu à un accident. Si elle le dénonce et si la police ne la croit pas, Karl restera en liberté, tout en sachant qu'elle l'a dénoncé... Alors elle se tait. Mais elle a peur de tout. D'un accident. D'un incendie qui la prendrait par surprise. Elle sursaute au moindre craquement dans la nuit.

Fin 2011, elle engage un détective privé. Son rapport est accablant. Levi souffrait d'une maladie de l'œsophage, suffisamment grave pour qu'aucune compagnie d'assurances ne veuille l'assurer. Mais il n'a jamais passé la visite médicale de contrôle : il est mort la veille de son rendez-vous ! Le pire est encore à venir. Cindy apprend que Karl a souscrit une assurance-vie à son propre nom. Si elle meurt, il touchera 1,2 million de dollars ! Elle est la prochaine sur sa liste !

L'existence au ranch devient intenable. Les enfants sont tous partis vivre leur vie. Elle est seule dans la maison avec un tueur qui a misé une fortune sur sa mort. Quel genre d'accident va-t-il mettre en scène ? Quel sort lui réserve-t-il ? Elle a envie de s'enfuir en courant chaque fois qu'il entre dans la pièce.

— Je ne t'ai pas entendu arriver, tu m'as fait peur, se justifie-t-elle quand elle sursaute.

***

Comment lui échapper ? Partir ? Mais pour aller où ? Et où se cacher ? Il fouillera tout le pays pour la retrouver : il ne laissera pas un butin de plus d'un million de dollars lui échapper. Un soir, alors qu'elle regarde une émission à la télévision, un témoignage capte son attention. Une femme, convaincue que sa mère avait tué son père, a essayé de lui arracher des aveux. « En l'absence de preuve, c'était la seule façon de la confondre », explique-t-elle. C'est le déclic. Et si elle tentait d'enregistrer les aveux de Karl ? Cindy passe à l'action quelques jours plus tard pendant le dîner. Elle a glissé un petit appareil enregistreur dans son soutien-gorge. Elle le met discrètement en marche dans la cuisine puis elle vient s'asseoir à table.

— Je n'ai pas bien compris comment la sangle qui retenait la fourgonnette a pu se décrocher. En principe, ce genre de chose devrait être impossible, non ? C'est calculé pour être solide...

Si elle espérait lui arracher une réaction, c'est raté. Rien ne passe sur le visage de Karl. Ni surprise, ni inquiétude.

— C'est expliqué dans le dossier, je crois, répond-il. Pourquoi tu poses cette question ?

— Ça pourrait être un acte malveillant...

— De qui ? De moi ? J'étais seul avec lui ! C'est absurde ce que tu dis !

Elle n'en tire rien d'autre. Il n'a pas confirmé mais il n'a pas nié non plus. Est-ce que ça peut servir de preuve ? Elle se rend à la police avec son enregistrement. Manque de chance, le son est inaudible. C'est inexploitable ! Elle en pleurerait. Complètement à bout, elle leur déballe tout, la mort de la première femme, les chevaux, le décès de son beau-fils et maintenant l'assurance-vie qu'il a prise sur sa tête. Elle a besoin d'une protection, elle est la prochaine sur la liste !

– Morte, je vaux 1,2 million de dollars !

Les policiers sont ébranlés. Suffisamment pour décider de retenter le coup, cette fois avec du matériel professionnel. Elle donnera rendez-vous à son mari dans un lieu public - un restaurant, par exemple. Des policiers en civil se mêleront discrètement aux clients. Elle portera un micro et tout ce qu'elle aura à faire, c'est de le pousser à parler. Elle ne risquera rien : au moindre problème, ils interviendront.

– C'est d'accord ?

Le lieu est choisi avec soin. Ce sera le restaurant Abigail's, à Seneca Falls. Le 16 novembre 2012, Cindy se gare devant l'établissement. Elle est la première. Elle s'installe à la table qu'elle a réservée près de la cheminée. Il y a du monde, des va-et-vient, du brouhaha. Elle repère deux couples de policiers en civil qui prennent place à des tables voisines. Elle sent le petit micro qu'on a scotché sur sa poitrine, sous son chemisier. C'est indécelable. À midi, Karl pousse la porte du restaurant. Il parcourt la salle du regard, l'aperçoit. Il est détendu, souriant. Ils passent commande. Quelques instants plus tard, elle se jette à l'eau. Le décès de Levi l'obsède, lui explique-t-elle. Elle a besoin de savoir comment il est mort. S'il a quelque chose à voir avec « l'accident », elle veut qu'il le lui dise. Il peut avoir confiance, elle ne le répétera à personne. Mais il faut qu'elle sache.

Le brouhaha des conversations autour d'eux, le cliquetis des couverts.

– Je ne vois pas ce que tu veux dire...

– Allez, Karl. Nous savons l'un comme l'autre que ce n'était pas un accident. De toute façon, Levi était malade. Il était condamné, hein ? Tu t'es dit, au moins que son décès ne serve pas à rien...

Le serveur apporte les plats. Les minutes tournent. Il faut en finir !

– Ça s'est passé avant notre départ ou à notre retour ? insiste Cindy.

– Avant.

L'aveu est venu tout seul. Le souffle coupé, Cindy l'écoute lui raconter d'une voix neutre combien ce fut facile. Il a enlevé les pneus avant de la fourgonnette et il l'a placée en équilibre sur un cric. Ensuite, il a attendu que Levi se porte volontaire pour réparer les freins.

– C'était prévisible, il adorait bricoler.

Pas un tremblement dans sa voix, pas une once de remords. Juste la satisfaction du travail bien fait.

– Tu… Tu lui as fait tomber la voiture dessus quand tu es entré dans la grange ?

– Non ! Je ne suis pas un assassin. J'ai juste réuni les conditions optimales. Et j'ai tiré profit de la situation quand c'est arrivé.

Cet après-midi-là, les policiers réécoutent l'enregistrement encore et encore dans les locaux de la police. Chaque mot est clair et distinct malgré le brouhaha de la salle. Karl Karlsen est arrêté le lendemain. Il suit les policiers en souriant. L'homme est un coriace. Il nie pendant dix heures d'affilée. À soixante-quinze reprises, il répète qu'il n'a pas tué son fils. Finalement, il admet qu'il était présent au moment de « l'accident ». Il est monté dans la fourgonnette pour tirer la manette d'ouverture du capot et…

– Elle est tombée d'un coup. Comme ça, paf !

Ensuite ? Il est parti au supermarché, laissant son fils agoniser sous des tonnes de ferraille, la poitrine enfoncée.

Inculpé pour meurtre au second degré et fraude à l'assurance, Karl Karlsen est incarcéré à la prison de Waterloo, État de New York. En novembre 2013, il comparaît pour le meurtre de son fils devant la cour d'assises du comté de Seneca. Son comportement est odieux : il sourit, regarde le plafond comme s'il se retenait de bâiller, a un air narquois quand Cindy vient expliquer à la barre qu'elle a demandé le divorce et ne veut rien en contrepartie. Pas un sou de sa fortune bâtie sur le crime. Tout ce qu'elle souhaite, c'est être libérée de lui. Et que justice soit faite. Le 16 décembre 2013, Karl Karlsen est condamné à quinze ans de réclusion minimum pour le meurtre de son fils, Levi. Le juge Bender n'a pas de mots assez durs au moment de la sentence :

– Vous n'appartenez pas à la catégorie des humains. Votre place est en prison et s'il ne tenait qu'à moi vous y resteriez jusqu'à la fin de vos jours.

Son souhait a été exaucé : le 30 août 2014, Karl Karlsen a été mis en examen pour l'assassinat de Christina, sa première femme. Vingt-trois ans plus tard, la police de Californie a repris l'enquête à zéro et conclu à sa culpabilité. Sa fille aînée a déclaré qu'elle viendrait témoigner contre lui. Elle n'avait que 7 ans au moment du drame mais les images sont restées gravées. La maison qui brûle, les cris de sa maman qui appelle à l'aide.

Et son père qui regarde la scène sans bouger. Aujourd'hui, elle sait quel sens donner à cette scène terrible et elle sait qu'il va enfin payer pour ce qu'il a fait. En février 2020, Karl Karlsen a été condamné à la réclusion criminelle à perpétuité pour les meurtres de Christina et de Levi. **FIN**

Selon Freud, « l'essence de la famille est un meurtre » :

HUIS CLOS SANGLANT
L'AFFAIRE MORO GIAFFERRI
VOIR P. 26

INNOCENCE PERDUE
L'AFFAIRE ELLIE BUTLER
VOIR P. 66

HUIS CLOS SANGLANT

L'AFFAIRE MORO GIAFFERRI

Par Stéphane Serrant

Vendredi 18 décembre 2015. Il est 19 h 22 quand des policiers débarquent en force dans un immeuble chic du boulevard Malesherbes, à Paris. Un locataire les a appelés en parlant d'un « crime au premier étage ». Les agents montent l'escalier quatre à quatre. On ne leur a pas menti. Un homme d'une trentaine d'années est allongé sur le tapis du palier, simplement vêtu d'un caleçon et de chaussettes. Il est couvert de sang et présente plusieurs entailles profondes à la poitrine. Dans sa main, un couteau de cuisine ensanglanté. S'agit-il de l'agresseur ou de la victime ? Interrogé, l'individu dit s'appeler François-Xavier de Moro Giafferri. Ses propos sont confus.
— Ma mère a été tuée, dit-il en désignant la porte close d'un appartement. C'est mon beau-frère ! C'est mon beau-frère !
Difficile de croire les dires de cet homme qui semble fou et qui tient l'arme du crime...

Il leur a indiqué l'adresse du beau-frère, rue Juliette-Lamber, à quelques pas de là. Tandis que plusieurs flics se précipitent sur place, d'autres enfoncent la porte désignée. Trop tard. Odile de Moro Giafferri, 74 ans, gît dans sa salle de bains au milieu d'une mare de sang. Elle a reçu une trentaine de coups de couteau. Un vrai massacre... La voisine d'en face, qui s'est occupée du blessé sur le palier en attendant les secours, confie qu'il est schizophrène. Les policiers échangent un regard entendu. Voilà qui change la donne ! En attendant de pouvoir l'interroger, ils l'envoient à l'hôpital Georges-Pompidou.

Il est alors 19 h 50. Au même moment, la seconde équipe sonne à la porte de Cyril Berger, le fameux beau-frère, qui habite au cinquième étage d'un immeuble cossu. L'homme, un grand brun mince d'une quarantaine d'années, silhouette élégante et tête de gendre idéal, leur ouvre, une cigarette à la main. Il s'efforce d'avoir l'air désinvolte, mais quelque chose dans son attitude sonne faux. Les policiers remarquent qu'il a le front luisant de sueur et le souffle court. Sa chemise humide lui colle aux pectoraux. Un des agents dira plus tard : « J'en avais déjà vu, des mecs pas tranquilles, mais lui, c'était la palme ! » Interrogé, Cyril Berger prétend être rentré chez lui vers 18 h 30. Une enquêtrice remarque une petite tache brunâtre sur sa chemise, une entaille à son poignet droit et des griffures au gauche. On le palpe par sécurité. Il n'a pas d'arme sur lui, mais une burette d'essence à briquet et plusieurs Zippo.

— Je fume trop, explique-t-il d'un ton faussement détaché.

***

AU MÊME INSTANT, UN VÉHICULE de pompiers arrive sirène hurlante dans la rue et se gare au pied de l'immeuble. Les soldats du feu se précipitent à la cave. On leur a signalé un départ d'incendie ! Quelques minutes plus tard, ils remontent rassurés. Le feu s'est éteint de lui-même. Sur le sol en béton ne demeurent que des cendres fumantes et des débris de carton. Qui a eu l'idée saugrenue de faire une flambée à cet endroit, au risque d'embraser tout le quartier ?

Un peu dépassés, les policiers annoncent à Cyril Berger que sa belle-mère est morte assassinée, et que son beau-frère, blessé, l'accuse du crime.

– Je n'ai tué personne ! proteste-t-il. Je n'ai pas bougé de chez moi !

C'est alors qu'une jeune femme élégante se présente à l'entrée de l'immeuble, une bouteille de champagne à la main. Il s'agit de la femme de Cyril Berger, Marie-Elvire. Les policiers l'accompagnent jusqu'au cinquième étage.

– Que se passe-t-il ? demande-t-elle en découvrant la nuée d'uniformes chez elle.

On lui explique que son mari va être placé en garde à vue.

– C'est embêtant, on a un dîner ce soir avec des amis ! répond-elle spontanément.

Une remarque un peu lunaire. Mais ce doit être le choc. Marie-Elvire de Moro Giafferri, bien qu'avocate et descendante de maréchal d'Empire, n'a jamais été mêlée à la moindre affaire criminelle. La voilà servie : sa mère est morte, son beau-frère à l'hôpital, et on embarque maintenant son mari menottes aux poignets ! De quoi déstabiliser n'importe qui…

***

AU BASTION, LE SIÈGE PARISIEN de la PJ, Cyril Berger est réentendu. À nouveau, le chef d'entreprise de 42 ans nie toute implication dans le crime. Il conteste aussi être à l'origine de l'incendie de la cave. Un policier lui demande pourquoi il transpirait quand il a ouvert sa porte.

– J'ai eu un coup de stress en voyant les tasers !

L'entaille à son poignet droit ?

– Je me suis écorché hier sur un chantier…

Les griffures au gauche ?

– Ce sont les menottes qui m'ont fait ça.

Où était-il à 19 heures ?

– Chez moi, j'attendais ma femme. On devait aller chez des amis pour un anniversaire.

En outre, sa femme jure qu'il entretenait de bons rapports avec sa belle-mère. Peut-être que le coupable, c'est ce François-Xavier, le dénonciateur schizophrène. C'est en tout cas lui qui tenait le couteau, et ses blessures se sont révélées superficielles. Il a dû se les faire lui-même !

Résultat, les soupçons sont lourds quand François-Xavier est entendu à son tour. L'homme raconte qu'il était dans l'appartement quand il a entendu sa mère crier. Il s'est précipité et a découvert « Cyril ou le sosie de Cyril », accroupi auprès d'elle, qui la poignardait dans le dos, les mains protégées par des gants de vaisselle roses. Il a tenté de s'interposer, mais Cyril l'a frappé à son tour. Il a finalement réussi à lui arracher le couteau et à s'enfuir sur le palier...

Parole contre parole. Un des deux hommes ment, mais lequel ? Vu le profil des deux suspects, les enquêteurs tranchent rapidement. Ils relâchent le chef d'entreprise et coffrent le schizophrène. Mis en examen pour assassinat, François-Xavier de Moro Giafferri est écroué dans un service psychiatrique.

***

L'AVENIR MONTRERA QUE c'était aller un peu vite en besogne. Mais il faut rappeler le contexte. À l'époque, Paris se relève à peine des attentats du Stade de France et du Bataclan. Sursollicitées, les équipes de la PJ sont au bord de l'épuisement. Pour elles, clôturer cette affaire signifie aussi se soulager d'un poids. Tous les agents passent donc à autre chose. Mais dans le service, une policière continue pourtant de penser qu'ils sont allés vers la facilité : la commandante Sylvie Tomasi. Les autres la chambrent un peu.

— Pourquoi tu te prends la tête comme ça ? C'est le schizo bien sûr !

— Il y a quelque chose de pas très net dans cette affaire ! s'entête-t-elle.

Sylvie Tomasi faisait partie de l'équipe qui a interrogé Cyril Berger le soir du meurtre, et plusieurs détails la tracassent. D'abord, le fait qu'il était en sueur, comme s'il avait couru le marathon. Ensuite, les griffures à son poignet gauche. Il les avait déjà quand on lui a passé les menottes ! Enfin, l'essence et les briquets dans sa poche, alors qu'un incendie venait de se déclarer. Peut-on croire à une coïncidence ?

Avec l'accord du juge, la commandante rouvre le dossier, et décide de pousser plus avant ses investigations. Elle ne tarde pas à découvrir de nouveaux éléments troublants.

La voisine qui a porté secours à François-Xavier raconte que, juste avant, elle vu « une ombre » sortir de l'appartement des Moro Giafferri. Un autre voisin confirme : il a vu lui aussi un homme sortir de l'immeuble.

— Il était vêtu d'un pull à capuche sombre, précise-t-il. Il masquait son visage avec un objet, peut-être un carton.

Cette silhouette, on la retrouve sur les images de vidéosurveillance. Mais impossible de l'identifier. S'agit-il de Cyril Berger ? L'homme est-il rentré en courant chez lui, ce qui expliquerait son essoufflement à l'arrivée des policiers ? Est-il passé entretemps par la cave, pour y brûler son sweat éclaboussé de sang ? Les cendres et les résidus carbonisés de l'incendie ont heureusement été conservés. Sylvie Tomasi les examine et y découvre un anneau doré. Une alliance gravée aux prénoms de Cyril et de son épouse Marie-Elvire, avec leur date de mariage. Tiens, tiens... La commandante de police cherche une explication. Cyril Berger a pu retirer son alliance avant de passer ses gants de vaisselle et commettre le crime. Il aura rangé l'anneau dans la poche de son sweat, et ensuite oublié de le reprendre. Ça colle.

Dans la foulée, la commandante interroge un employé ayant accompagné Cyril Berger lors de sa visite de chantier, vingt-quatre heures avant les faits. A-t-il vu son patron se blesser au poignet ? L'homme ne s'en souvient pas. Mais il est formel : s'il y avait eu un incident de ce type, il était là, il l'aurait vu ou su.

Pour finir, Sylvie Tomasi fait analyser des prélèvements effectués dans l'évier des Berger. C'est le coup de grâce : le labo y décèle d'infimes traces du sang d'Odile de Moro Giafferri. Et c'est encore le même ADN qu'on retrouve sur la chemise tachée de Cyril. Le crime est signé. Reste à en découvrir le mobile...

***

En enquêtant sur la vie privée du chef d'entreprise, la policière découvre la face sombre du personnage. Fils de bonne famille, Cyril Berger a vu très jeune son père acculé, ruiné, après de mauvaises affaires. Devenu adulte, il se lance lui-même dans le commerce et il accumule les déboires. Puis il rencontre Marie-Elvire lors d'un week-end entre amis à Marrakech. Voit-il en cette riche héritière le meilleur des placements ? En tout cas, il la demande en mariage à peine un mois plus tard. Elle accepte. Le couple se dit oui et emménage dans cet appartement de la rue Juliette-Lamber. Le grand amour, sûrement ! À ceci près qu'au même moment, Berger continue de discuter sexe sur des sites de rencontre, et finit même par prendre une maîtresse régulière...

Avec Marie-Elvire, Cyril Berger mène grand train : restaurants, voyages, week-ends aux sports d'hiver. Mais à bien y regarder, c'est toujours elle qui paye, et elle met parfois la main à la poche pour renflouer les comptes de son mari. Puis en 2015, Odile de Moro Giafferri, la belle-mère, touche un héritage important. Cyril, qui vient régulièrement la voir, essaye-t-il de lui en gratter une partie ? Le dimanche 13 décembre en tout cas, cinq jours avant sa mort, Odile se confie à une amie à la sortie de la messe :

– Cyril va encore me mettre la pression.

Autant d'éléments qui pèsent lourd dans le dossier, tandis qu'en ce mois de novembre 2023, huit ans après les faits, Cyril Berger comparaît devant les assises de Paris, pour y répondre de l'assassinat de sa belle-mère et de la tentative d'assassinat sur son beau-frère. Désormais divorcé, l'accusé comparaît libre après un an de détention préventive. Son discours n'a pas changé.

– Jamais de ma vie je n'ai agressé physiquement la moindre personne ! affirme-t-il d'emblée face à la cour, laissant échapper un sanglot un tantinet surjoué. Je n'ai pas tué Odile ni essayé de tuer François-Xavier !

Son alliance retrouvée dans les cendres à la cave ?

– Je ne sais pas. La veille, je l'avais posée sur ma table de nuit pour me couper les poils des doigts...

La tache de sang dans l'évier ?

– Il arrivait à ma belle-mère de venir nous voir à l'appartement...

Restent ces blessures aux poignets jamais vraiment expliquées. Reste cette goutte de sueur sur son front, à l'arrivée des policiers. Celle du type qui vient de courir. Celle du type qui a la trouille et qui se dit « pourvu que ça passe ». Cette fois, ce n'est pas passé. En décembre 2023, Cyril Berger a été condamné à vingt-huit ans de prison. Un crime parfait se soigne dans les détails les plus infimes, les plus imprévisibles. C'est bien pour ça que le crime parfait n'existe pas.

* Cyril Berger a fait appel. Il reste présumé innocent. FIN

LES AMANTS DIABOLIQUES

LES ASSASSINS À LA PIOCHE

Par Mélanie Vega

Cela devrait être le plus beau jour de sa vie. Sophie Richard épouse Julien Thévenet à la mairie de Somme-Suippe, dans la Marne. Et pourtant, elle semble contrariée. Lors de la réception qui suit la cérémonie, la jeune mariée, qui a tout juste 24 ans, continue de bouder ostensiblement. Pas un sourire pour ses invités. Et pas un regard pour Julien, un brun athlétique de son âge, à la calvitie déjà avancée, qui fait semblant de ne rien remarquer. Quelle est cette étrange mascarade ? Que cache la jeune mariée derrière ce masque d'indifférence et de froideur ?

AU COURS DE LA SOIRÉE, une seule chose semble intéresser la jeune femme : la boîte en carton posée dans un coin de la salle. C'est la cagnotte qui doit financer leur voyage de noces sur l'île de Malte. Chaque fois que quelqu'un y dépose un chèque ou de l'argent liquide, Sophie ne peut pas s'empêcher d'aller en vérifier le montant. Tout est dit...

Pourquoi ont-ils décidé de se marier, ce samedi de juillet 2013, alors que visiblement, leur couple bat de l'aile ? Après deux années de vie commune et l'usure de leurs sentiments, Julien espère peut-être que cette régularisation rendra sa bonne humeur à Sophie. Peut-être aussi pense-t-il que ce mariage est important pour leur petite fille, née en mars 2012... En tout cas, il est bien le seul à croire en l'avenir de leur couple. Ses propres parents n'ont même pas fait le voyage pour assister à la cérémonie ! Et à voir sa tête, la mariée elle-même ressasse de sombres pensées.

***

CURIEUSE FILLE, CETTE SOPHIE. À 18 ans, elle décide d'arrêter ses études sur un BEP en carrières sanitaires et sociales. Elle fréquente alors un certain Christophe. Quand elle tombe enceinte, son père la met à la porte. Elle vivote avec son petit ami et leur bébé, puis elle met les voiles... Un temps auxiliaire de vie, Sophie passe surtout des heures sur des sites de rencontre à la recherche d'un homme qui l'entretiendrait car elle n'a aucune envie de travailler...

Or, la voilà avec une charge sur les bras – un petit garçon –, elle qui répugne au moindre effort. Plus que jamais, elle se met à l'affût du pigeon idéal... Ce qu'elle cherche ? Une bonne pâte, un homme qui lui serve à la fois de banquier, d'homme de ménage et de nounou. Elle le rencontre sur Badoo. Il s'appelle Julien Thévenet.

Originaire de Martigues, dans les Bouches-du-Rhône, Julien Thévenet est tout l'opposé de Sophie. Grâce au soutien financier de ses parents – son père est ouvrier, sa mère saisonnière dans un camping –, il a réalisé son rêve : s'engager dans l'armée de l'air et devenir mécanicien sur les avions de combat Rafale. En 2009, il est muté sur la base militaire BA113, à Saint-Dizier, dans la Haute-Marne, avec le grade de sergent. Il ne manque qu'une chose à ce garçon aussi sérieux que gentil et au caractère de nounours : une femme. Il a envie d'une famille et il tombe immédiatement amoureux de Sophie. Quinze jours après leur première rencontre, il s'installe chez elle, à Reims…

***

Dès les premières semaines, Sophie lui annonce qu'elle va « gérer » sa solde. Elle lui découpe même sa carte bancaire pour qu'il ne l'utilise pas ! Du jour au lendemain, le sergent Thévenet n'a plus un sou sur lui, et doit quémander auprès de sa compagne quelques euros s'il veut s'offrir un café. « Des dépenses inutiles », estime la jeune femme. Souvent, Julien n'a même pas les cinq euros qui lui permettraient d'aller dîner au mess avec ses copains ! Un jour, elle lui fait une scène mémorable parce qu'il a acheté pour 40,01 euros d'essence, au lieu de 40 euros ! Et elle limite même ses douches, sous prétexte que « l'eau coûte cher ». Julien, pourtant, reste patient.

Au cours de l'année 2011, alors que Sophie est enceinte, le couple achète une petite maison impasse Jean-Moulin, à Somme-Suippe, au nord de Reims. Un pavillon avec trois chambres – chaque enfant aura la sienne –, une terrasse, un jardin et un garage.

En mars 2012, Sophie met au monde une fille. Bref, ils ont tout pour être heureux. Pour toucher une solde double, Julien accepte même une mission difficile aux Émirats arabes unis. Mais à son retour, l'ambiance à la maison est morose. Le ménage n'est jamais fait et, quand Julien rentre le soir, il n'y a souvent rien à manger. Leur mariage, programmé pour le printemps 2013, a-t-il une chance d'arranger les choses ? C'est sans doute ce que Julien croit. Ses parents, eux, sont plutôt sceptiques…

Car, derrière son dos, Sophie n'a nullement renoncé à discuter sur des sites de rencontre. Julien sait-il qu'elle le trompe dès qu'il a le dos tourné ? Sans doute, si l'on en croit les quelques confidences qu'il fait à ses collègues. En décembre, il est envoyé en Charente-Maritime, à Saintes, pour suivre un stage de Vigipirate. Sophie ne lui donne que 30 euros pour le séjour, ce qui ne lui permet même pas de payer son billet de retour ! Cette fois, le sergent Thévenet se révolte. Le 20 janvier 2014, six mois après les noces, découragé, il appelle ses parents et leur confie tout ce qu'il a sur le cœur. Il ne supporte plus les brimades de Sophie, sa paresse, la situation financière catastrophique dans laquelle il se trouve.

– Je n'en peux plus, leur dit-il. Vous aviez raison. Je vais divorcer...

Quand il annonce sa décision à Sophie, il s'attend à des injures, des menaces. Mais étrangement, la jeune femme ne proteste pas. Elle accepte même le principe d'un divorce à l'amiable et se dit prête à prendre sans tarder un avocat. Pourquoi cette soudaine docilité, alors qu'ils vont être obligés de vendre la maison et qu'elle ne pourra plus profiter de la solde de son mari ? En fait, Sophie a un plan.

***

Le sergent Thévenet, en s'engageant dans l'armée, était prêt à s'aventurer dans les régions du monde les plus dangereuses. Il ne pouvait pas imaginer que le péril mortel pour lui ne se trouvait pas au milieu des djihadistes mais sous son toit, dans son lit...

Le lendemain, Sophie envoie un SMS à un mystérieux correspondant. « Il va tout me prendre ! » écrit-elle. « On a juste à avancer la date. Il n'y a qu'à s'en débarrasser », reçoit-elle en retour.

C'est que son nouvel amant, déniché sur Internet, n'est pas un tendre. Porté sur la bouteille, Sébastien Chantereau est un pauvre type au physique de mauvais garçon. Sophie et lui s'excitent depuis des semaines sur Internet en envisageant les scénarios les plus tordus... Pendre Julien, pour faire croire à un suicide ? Le découper et l'enterrer, pour que l'on ne retrouve jamais son corps ? Ces projets macabres occupent Sophie nuit et jour. Julien, en décidant d'entamer une procédure de divorce, les oblige seulement à accélérer leurs préparatifs...

Vendredi 24 janvier. À 17 heures, Sébastien Chantereau s'installe dans un café de Somme-Suippe et commande une bière, les yeux fixés sur l'écran de son portable. Un texto de Sophie s'affiche : « Il vient de rentrer. »

Julien, qui a passé la semaine sur la base aérienne, est heureux de revoir les enfants. Il a déchaussé ses rangers tandis que Sophie lui propose un pastis. Un pastis spécial qu'elle prépare dans la cuisine. « Ça ne se mélange pas », écrit-elle à Sébastien. « Continue de touiller », lui répond-il.

Finalement, Julien avale son verre. L'effet est fulgurant : il s'effondre sur le canapé. « Grouille ! » écrit Sophie à son complice. Puis, l'air de rien, elle va donner un bain à son fils et enferme sa fille dans sa chambre.

Quand Sébastien arrive, elle lui conseille d'enfiler des gants en latex et de recouvrir ses chaussures avec des sacs plastique.

– Pour les empreintes, précise-t-elle.

Ensuite, ils traînent Julien, profondément endormi, jusqu'au garage. Là, Sébastien empoigne le malheureux et lui cogne la tête sur le sol en ciment. Mais c'est dur, un crâne ! Et loin de mourir sous les coups, le mari se réveille... L'amant empoigne alors une fourche et cherche à l'embrocher. Sans succès. La situation serait presque comique, si la suite n'était pas d'une barbarie effroyable. Sébastien a trouvé une vieille pioche rouillée. Il frappe comme un sourd sur l'homme à terre, à sept reprises. Cette fois, le lourd métal perce les chairs et traverse la poitrine. L'artère pulmonaire est perforée et Julien, victime d'une hémorragie interne massive, meurt en quelques minutes, vidé de son sang...

Le plan des deux amants ? Faire croire à un cambriolage.

De retour dans la maison, Sophie met quelques bibelots dans un sac. Elle y ajoute leurs vêtements, tachés de sang. Puis elle habille les enfants qui, évidemment, ne se doutent de rien. Et tous les quatre prennent la route de Disneyland, pour se forger un alibi. En route, ils se débarrassent des bibelots, du portable de Julien et des vêtements souillés, qu'ils jettent dans une benne d'Emmaüs...

***

Le dimanche soir, ils sont de retour à Reims, où ils dorment chez Sébastien. Le lundi matin, Sophie quitte tôt l'appartement. Il lui reste à jouer la dernière scène du macabre scénario. Après avoir déposé son fils à l'école, elle se rend impasse Jean-Moulin. Là, elle pénètre dans la maison, en ressort aussitôt et va frapper à la porte de ses voisins.

– Je crois qu'on a été victimes d'un cambriolage, dit-elle. Vous pouvez m'accompagner ? J'ai peur d'y aller seule.

L'homme la suit jusqu'au pavillon. Ils font le tour des pièces. Personne. Puis Sophie l'entraîne jusqu'au garage.

– Mon mari ! s'exclame-t-elle en apercevant le corps de Julien, allongé sur le ciment.

Pompiers et gendarmes arrivent rapidement sur place. La jeune femme, qui mime un évanouissement, doit être hospitalisée. Les enquêteurs procèdent aux premières constatations. Détail intrigant, il n'y a aucune trace d'effraction...

*
* *

LE LUNDI 12 SEPTEMBRE 2016, les « amants diaboliques », comme les a surnommés la presse locale, font leur entrée dans le box de la cour d'assises de Reims, sous les moulures anciennes du plafond. Ils ont changé. Sébastien Chantereau, qui comparaît pour assassinat, a grossi. Décontracté, il promène sur la salle un regard indifférent, un peu narquois. Sophie Richard, poursuivie pour complicité d'assassinat, a perdu au moins dix kilos et pris dix ans. Le teint pâle, les yeux cernés, elle a l'air d'un zombie.

Un gendarme vient résumer l'enquête à la barre.

– Dans la maison, il y avait très peu de désordre et seuls quelques bibelots sans valeur avaient disparu. La victime, un militaire costaud, ne s'était pas défendue. Interrogée, Sophie Richard nous a dit qu'elle avait passé le week-end avec un ami. On a découvert très vite que ce Sébastien Chantereau était en réalité son amant...

Quinze jours plus tard, les deux amants sont placés en garde à vue. Sophie craque la première. Elle reconnaît avoir mis des somnifères dans le pastis de son mari...

– J'avais peur de me retrouver sans les enfants, sans maison et sans argent, explique-t-elle. Julien avait souscrit une assurance décès qui devait me rapporter 163 000 euros, plus 23 000 euros par enfant si j'en avais la garde. Et le prêt de la maison aurait été soldé par les assurances.

Pour cette femme, c'était donc plus simple de préparer l'assassinat de son mari que de divorcer !

Sébastien Chantereau, confronté aux déclarations de sa maîtresse, passe à son tour aux aveux.

Un murmure horrifié parcourt la salle lorsque l'huissier déballe la pioche qui a servi au meurtre, et dont la pointe est encore maculée de sang noirâtre...

Tandis que l'enquêteur quitte la barre, Jean-Luc Thévenet, le père de Julien, regarde avec répugnance l'assassin de son fils et sa complice. Rarement accusés n'auront semblé aussi monstrueux de bêtise, de cynisme et de cruauté gratuite. Les cheveux gris, l'air doux comme son fils, M. Thévenet s'exprime d'une voix posée, pleine de dignité.

– Sophie s'est montrée vénale jusqu'au bout, se souvient-il. Quand je suis allé la voir pour lui réclamer le corps de mon fils après le drame, elle a commencé par refuser. Mais quand je lui ai dit qu'en échange je prendrai les frais d'obsèques à ma charge, elle a accepté tout de suite...

Julien a été inhumé près de Martigues.

– Lui qui aimait tant les avions, il y en a qui passent au-dessus du cimetière. Peut-être qu'il est content, conclut-il, les yeux pleins de larmes.

Sophie Richard et Sébastien Chantereau ont été condamnés à trente ans de réclusion criminelle. Dans leurs prisons, leurs codétenus les ont baptisés « la pioche ». Tout un programme. FIN

Lorsque passion rime avec déraison :

MORTELLE SAINT-VALENTIN
L'ÉTRANGLEUR DE FORT WORTH
VOIR P. 40

PASSION MEURTRIÈRE
LA TUEUSE À LA DAGUE
VOIR P. 50

UN AMOUR ÉTERNEL
LE PHARMACIEN EMPOISONNEUR
VOIR P. 92

AMANTS MEURTRIERS
LA MAÎTRESSE ET LE MÉDECIN DE CAMPAGNE
VOIR P. 108

46 ANS DE MYSTÈRE

L'ÉTRANGLEUR DE FORT WORTH

Par Jean-Paul Conti

L'histoire commence par un éclat de rire. Ce 16 février 1974, Jim Walker, 12 ans, est incapable de le contenir en voyant sa sœur Carla descendre l'escalier, maladroite dans sa robe à paillettes. Ce soir, l'adolescente va au bal de la Saint-Valentin du lycée. Longs cheveux blonds figés au spray, tartines de fond de teint sur les joues, la gamine n'a lésiné sur rien. Son petit frère s'en tient les côtes. Rodney ne va pas être déçu ! Rodney, c'est le cavalier de la petite blonde, un grand dadais à la coupe au bol, quarterback de l'équipe de foot de l'école. Le voilà d'ailleurs qui arrive dans la Ford de sa mère, pas très à l'aise dans son costume cintré, et se présente poliment à la porte, un petit bouquet de fleurs à la main. Ce sera le tout premier bal de Carla, et le tout dernier...

Mme Walker, émue de voir sa « petite fille » devenir femme sous ses yeux, écrase une larme. Son époux, du haut de sa stature d'ancien de l'US Air Force, donne tacitement sa bénédiction au jeune couple.

— Amusez-vous bien, les enfants !

— Ils vont se marier, c'est sûr ! glisse Jimmy, goguenard.

Ce soir-là à Western Hills, Carla et Rodney enflamment la piste de danse sous le haut plafond de la salle de bal tendu de cœurs en crépon rouge. Complices, collés l'un à l'autre, ils enchaînent les rocks acrobatiques et les slows langoureux. Mais, à 23 heures, extinction des feux. Comme la plupart de leurs copains, ils n'ont naturellement aucune envie d'aller se coucher. Mais que faire à Fort Worth, tard le soir, quand on a 17 ans ? À part remonter le boulevard, le redescendre, avaler un truc au Taco Bell, un autre chez Mr. Quick Hamburgers, puis le boulevard encore et toujours... La routine, quoi, qui finit par lasser. Déjà, les copains montrent des signes de fatigue. Une première Buick s'en va. Une seconde. Bientôt, Carla et Rodney se retrouvent tous les deux. Sous sa frange, le regard du beau gosse se fait plus langoureux. Il reprend le volant de la Ford familiale. Mais, au lieu de ramener sa belle, il l'emmène faire un tour dans les petites rues... Derrière le bowling, ils seront plus tranquilles. Les deux tourtereaux s'arrêtent dans un coin sombre. Dans l'habitacle baigné d'une douce odeur de cuir, Rodney fait soudain moins le fier. Timide, c'est à peine s'il ose effleurer ce bras d'une blancheur immaculée. Le cerveau en déroute, il se lance, et approche ses lèvres de celles de Carla. Serait-ce leur soir ? Serait-ce LE soir ?

Dehors, il fait nuit noire. Lentement, pour ne pas froisser sa robe, la petite blonde se tourne et s'offre à ses baisers, basculant en arrière. Son crâne heurte alors la vitre.

– Doucement… Doucement…

En guise d'oreiller, l'adolescente place son sac à main entre sa nuque et la portière. Puis elle se laisse aller…

Mais soudain, cette même portière s'ouvre brutalement. La suite, Rodney n'en gardera qu'un souvenir confus. Un type brun, un pistolet…

– Toi, ma p'tite chérie, tu viens avec moi ! ordonne l'intrus à Carla en l'enserrant par la taille. Et toi, le petit con, tu bouges pas !

Dans un réflexe, Rodney tente malgré tout de se jeter sur l'assaillant. Il en est quitte pour une série de coups de crosse sur le sommet du crâne. Des coups si violents que le chargeur du pistolet se détache, rebondit sur le siège et tombe sur le bitume. C'est la dernière chose qu'entendra Rodney avant de s'évanouir. Ça et la voix de Carla, hurlant dans la nuit noire.

– Va chercher papa, Rodney ! Rodney ! Va chercher papa !

Au même moment, sans se douter qu'on est en train d'enlever sa fille, M. Walker termine sa partie de dominos avec Madame, comme chaque vendredi soir. Lèvres pincées, il évalue ses chances de victoire. Elles sont bien minces… À moins d'un double six ici, ou d'un deux, là… À plat ventre sur le tapis du salon, le petit Jim regarde la télévision. Il est 1 heure du matin à Fort Worth. La famille vit ses dernières secondes de quiétude…

Bientôt, les freins d'une Ford crissent dans la rue endormie. On tambourine violemment à la porte. L'ancien militaire ouvre et découvre Rodney dans l'encadrement, une énorme bosse au sommet de son front en sang.

– Monsieur Walker ! Monsieur Walker ! Ils l'ont emmenée ! Ils vont lui faire du mal !

Mais le jeune garçon est si paniqué, si confus, qu'il n'arrive pas à en dire plus. Alors qu'il est interrogé sous hypnose par la police, ses souvenirs restent désespérément flous. De Carla Walker ne subsiste que le sac à main, abandonné sur le parking du bowling. Et, à côté, un chargeur de pistolet. Un Ruger de calibre 22.

Très vite, toutes les personnes qui possèdent ce modèle – moins d'une dizaine dans tout l'État – sont interpellées, interrogées et innocentées tour à tour. Plusieurs dénonciations anonymes se révèlent être de fausses pistes. Un dealer, un routier et un forain sont successivement relâchés. Pendant ce temps, M. Walker, pendu à son téléphone, garde la trace de tous les appels qu'il reçoit, en prenant des notes dans un carnet. Ces quelques pages couvertes d'une écriture désordonnée, retrouvées plus tard dans sa boîte à cigares, vont ensuite hanter le petit Jimmy toute sa vie. Tout comme le cri d'animal poussé par sa mère à la morgue.

– Ce cri, dira-t-il, n'était pas humain.

Carla n'était pas bien loin. On finira par découvrir son cadavre quatre jours plus tard, abandonné dans une buse d'écoulement des eaux, près du lac de Benbrook. La pauvre gamine s'apprêtait à vivre sa première nuit d'amour. Son ravisseur a déchiré sa robe à paillettes, l'a violée, puis étranglée à mains nues… L'autopsie a révélé qu'elle avait été torturée pendant sa captivité et maintenue en vie avec des injections de morphine.

***

À Fort Worth, cet épisode marque la fin d'une époque. La fin de l'insouciance. La petite ville autrefois si tranquille vit désormais dans la peur. Et bientôt la terreur. Dans la foulée, d'autres jeunes filles subissent le même sort que Carla. Jeunes mannequins, institutrices, autostoppeuses… Une quinzaine d'entre elles sont découvertes, elles aussi violées, étranglées, abandonnées comme des morceaux de viande aux quatre coins du comté. Jusqu'au milieu des années 1980, les attaques s'enchaînent.

Effrayés, les adolescents fuient le boulevard. La police piétine et tente maladroitement de rassurer la population.

– Rien ne nous laisse penser qu'il s'agisse d'un serial killer ! affirme un de ses représentants, contre le bon sens le plus élémentaire.

Passent les années, puis les décennies… Entretemps, les parents de Carla Walker sont morts. Jim a hérité de la maison familiale. Et de la boîte à cigares. Chaque soir, de grosses lunettes sur le nez (une maladie héréditaire lui ronge la vue au fil des mois), il relit les notes paternelles. Un nom. Une plaque d'immatriculation… Il cherche sans fin le détail qui aurait échappé à tout le monde, et lui permettrait de confondre l'ordure qui a volé la vie de Carla. Le dossier, s'imagine-t-il, n'intéresse plus personne. Trop vieux, trop compliqué à rouvrir. Et bientôt, il n'y verra plus du tout. Alors, avant que les ténèbres ne l'enveloppent à son tour, ce soir-là, pour la millième fois, il décroche son téléphone et appelle la police. Des nouvelles de l'enquête ? Il n'en espère plus, mais il continue de demander, pour le principe. Sauf qu'une fois n'est pas coutume, on le bascule sur une autre ligne. Au bout du fil, une voix de femme, déterminée.

– Bureau des affaires classées, officier Leah Wagner j'écoute !

Jim ne le sait pas encore, mais près de quarante ans après les faits, il vient enfin de frapper à la bonne porte. Nous sommes au tout début de l'année 2020, et la partie n'est pas encore perdue.

***

— Au pied, Cassie !

À l'appel de son nom, la femelle labrador halète, la langue pendante, puis se couche sous la chaise de son maître. De son œil un peu triste, elle observe la pièce : un petit cube sans fenêtre, un grand bureau, une femme assise... Tout ce que Jim Walker n'arrive plus à distinguer. Heureusement, où qu'il aille, sa chienne Cassie l'accompagne. Reste qu'avec ou sans guide, il n'aurait manqué ce rendez-vous pour rien au monde...

— J'ai pensé qu'il était temps que nous fassions connaissance, l'accueille Leah Wagner.

Dissimulée derrière un amoncellement de cartons d'archives et de tasses à café vides, la policière du « Bureau des affaires classées » l'observe avec attention.

— Depuis notre premier échange téléphonique, poursuit-elle, j'ai repris tous les éléments concernant le meurtre de votre sœur...

Le cœur de Jim bat la chamade. Voilà quarante-six ans qu'il attend ce moment ! Dans un tourbillon d'images, il revoit Carla quittant la maison familiale, ce soir de février 1974, dans sa jolie robe de bal... Il entend encore le cri de sa mère à la morgue.

Depuis quarante-six ans, Jim n'a jamais cessé de chercher la vérité. Mais les autorités, impuissantes, ont peu à peu renoncé à traquer le tueur. Et voilà que cette femme accepte de rouvrir le dossier.

Pourquoi la policière a-t-elle choisi de s'intéresser à cette affaire plutôt qu'aux autres meurtres de jeunes filles perpétrés à la même époque, dans la région de Fort Worth ? Il n'en sait rien. Peut-être à cause de son propre entêtement. Une chose est sûre : la jeune flic semble aussi déterminée que lui à obtenir des résultats. Comme si elle en faisait une affaire personnelle...

Aux pieds de son maître, le poil frémissant, Cassie s'est endormie.

— J'ai retrouvé la trace du petit ami de votre sœur, poursuit la policière. Il s'en veut toujours d'avoir laissé ce type armé enlever Carla alors qu'il l'embrassait dans la voiture. Vous ne l'avez jamais soupçonné ?

À cette idée absurde, Jim fait « non » de la tête. Avec sa coupe au bol d'adolescent, le jeune Rodney était bien trop balourd pour faire du mal à quiconque. Lui aussi est une victime dans cette histoire.

— J'ai également réuni une liste de noms, continue-t-elle.

Jim ne peut s'empêcher de soupirer. Ces noms, il les connaît par cœur. Des tuyaux anonymes. Des propriétaires d'un pistolet Ruger calibre 22, semblable à celui utilisé lors de l'attaque. Des noms et encore des noms, comme autant de fausses pistes et d'impasses. Tout a déjà été étudié. Pour rien. Cette jeune flic n'a-t-elle donc rien de plus à lui apprendre ?

Mais, alors qu'il saisit déjà sa canne blanche pour repartir, Leah Wagner l'arrête d'un mot magique.

– Reste l'ADN…

La jeune femme pianote sur le rebord d'un grand carton.

– En quarante-six ans, la science a fait beaucoup de progrès, vous savez ?

Soudain, dans le Bureau des affaires classées, on n'entend plus que le chien respirer.

– Le problème, regrette l'officier, c'est que les analyses coûtent cher…

L'argent ! L'éternel nerf de la guerre… À Fort Worth comme ailleurs, les budgets de la police sont serrés, et la priorité est donnée aux affaires courantes, loin devant les *cold cases*. À son poste, Leah Wagner est bien placée pour le savoir : elle doit se battre pour obtenir le moindre dollar. Pourtant, dans ce fameux carton, il y a encore les sous-vêtements que portait Carla ce soir-là, miraculeusement conservés. Sur sa culotte, il y a une trace de salive, et une tache qui pourrait bien être du sperme. Mais confier tout ça au labo coûterait 20 000 dollars. Une somme dont elle ne dispose pas et que sa hiérarchie refuse de lui donner. Malgré tout, elle a sa petite idée pour forcer la main de ses supérieurs…

– Je crois qu'avec votre aide, dit-elle à Jim, nous pourrions obtenir gain de cause…

Au cours des semaines suivantes, elle sur son ordinateur, lui au téléphone, les voilà qui s'attellent à réveiller les sites d'amateurs de *true crime*. L'histoire tragique de Carla refait surface sur les forums. Au point qu'une émission de télé lui consacre un épisode spécial. Bingo ! Les 20 000 dollars tant espérés sont débloqués comme par enchantement… Malheureusement, c'est la douche froide. S'il y a bien un profil ADN masculin sur cette culotte, il est inconnu des fichiers. Les derniers espoirs de Jim s'envolent. Jusqu'au soir où le téléphone sonne dans le bureau de Leah Wagner…

– Laissez-moi me présenter : David Mittelman, P.-D.G. des laboratoires Othram.

L'homme a vu l'émission de télé sur « l'affaire Carla Walker ». Ça l'a particulièrement intéressé, parce que, justement, sa société effectue elle aussi des identifications par ADN. Mais à la différence de la police, qui cherche à faire « matcher » un profil complet, Othram se fonde sur des fragments de séquence pour retrouver non pas le propriétaire d'une trace, mais son cercle familial. Cette technique dite de « recherche par parentèle » offre d'excellents résultats. Aussi, il se propose d'en offrir une démonstration gratuite : qu'on lui envoie un peu de ce fameux ADN inconnu, et il va regarder ce qu'il trouve ! Leah Wagner n'hésite pas longtemps. Elle n'a plus la petite culotte, mais il lui reste le soutien-gorge. C'est sa dernière chance !

Quelques jours plus tard à peine, David Mittelman rappelle déjà :

– Nous avons quelque chose, annonce-t-il. D'après nos données, cet ADN appartiendrait à un proche d'une certaine famille McCurley. Ce nom vous dit quelque chose ?

– McCurley... McCurley...

Ouvrant précipitamment un dossier, la policière se met à parcourir frénétiquement une pile de vieux PV. C'est là, quelque part, elle en est certaine... McCurley, elle a lu ce nom. Un chauffeur routier, ça lui revient. Entendu à l'époque parce qu'il avait possédé un temps un Ruger calibre 22. Mais il avait expliqué se l'être fait voler, et les investigations en étaient restées là. Ah ! Voilà le rapport d'audition.

– M. Glen McCurley, par exemple ?

***

Quelques heures plus tard, les hommes de l'US Marshals, l'unité d'élite de la Fugitive Task Force, se déploient en silence autour d'une maison ordinaire. Deux à l'arrière, le reste de l'équipe dans l'allée. Dans une synchronisation impeccable, chacun dégaine son Glock, canon pointé vers le sol. En un ballet parfaitement réglé, vingt gilets pare-balles encerclent bientôt le bâtiment. D'un geste sec, l'homme de tête ordonne au porteur de bouclier de rester en retrait. Tant pis pour l'effet de surprise. Le chef d'équipe s'avance vers la façade d'un beige triste à pleurer, lève sa main libre, tend le doigt... et sonne. Tout bêtement.

– M. McCurley ?

Dans l'encadrement de la porte, le vieillard cille à peine.

– M. Glen McCurley ?

Les orbites creusées, de rares cheveux plaqués en arrière, l'homme de 77 ans balaye la troupe d'un regard épuisé. Le temps n'a pas été tendre avec ce colosse affaibli, flageolant dans ses mocassins.

– Vous êtes en état d'arrestation, poursuit le marshal. Veuillez sortir immédiatement.

Le vieil homme comprend-il seulement ce qu'on lui dit ? Une seconde passe. Puis deux. Dans son dos, une voix chevrotante s'élève :

– Qu'est-ce que c'est ?

L'embout d'une canne martèle le lino du couloir. Une très vieille dame en robe de chambre apparaît à son côté, voûtée par le poids des ans, très maigre. Son regard délavé accroche celui du policier :

– Mon époux souffre d'un cancer, s'alarme-t-elle, prête à faire barrage de sa canne. Il a rendez-vous chez le médecin demain...

– Il va pourtant falloir qu'il vienne avec nous, Madame !

Et tandis que Mme McCurley proteste, dix hommes investissent la maison.

Glen McCurley... Difficile de deviner, sous les traits de ce vieillard grabataire, un potentiel tueur de jeunes filles. Mais ce 21 septembre 2020, venus en force le cueillir à l'aube, les hommes de l'US Marshals ne s'en laissent pas conter. Le suspect est là, dans son salon, tremblotant sur son canapé, l'air égaré. Pendant ce temps, complètement paniquée, sa femme sert le café à tous ces visiteurs armés. Mais aussi à Leah Wagner, arrivée juste après l'assaut.

– Une autre tasse ?

– Volontiers...

La policière s'est renseignée : paroissienne modèle, longtemps bénévole à la crèche du coin, Judy McCurley jouit dans le quartier d'une excellente réputation. Son mari Glen serait, dit-on, un peu plus taiseux, mais passe lui aussi pour un bon bougre. Chaque samedi soir, il emmène son épouse dîner au restaurant mexicain du boulevard. Tout dans leur intérieur raconte la vie d'un couple simple, sans histoires.

– Vous êtes heureux ensemble ? demande frontalement Leah Wagner à Judy.

– Oh... Nous avons eu des hauts et des bas, répond la vieille femme, en adressant à son époux un regard tendre.

Il faut croire qu'après soixante ans de mariage, elle le voit toujours comme il était autrefois : grand, athlétique, sourire ravageur et banane façon Elvis.

– Vous excuserez mon mari, il fait du diabète...

Glen McCurley, 77 ans, souffre surtout d'un cancer du foie.

– Ils lui ont retiré une tumeur de la taille d'une pièce ! précise Judy. Vous imaginez ?

C'est là que le malade, sortant soudain de sa réserve, met les pieds dans le plat.

– Peut-on connaître l'objet de votre visite ? demande-t-il à Leah Wagner, entourée d'une dizaine d'hommes portant d'impressionnants gilets pare-balles.

– Eh bien... une vieille histoire. Une très vieille histoire. Vous souvenez-vous de cette jeune fille, Carla Walker, enlevée sur le parking du bowling, à quelques rues d'ici ?

– Bien sûr ! s'exclame Judy. Quelle histoire... Les pauvres parents...

– Dans ce cas, enchaîne la policière en reposant sa tasse, je vais demander à votre mari l'autorisation de lui prélever un peu de salive...

Ensuite ? Tout s'enchaîne de façon implacable. Match ADN confirmé, arrestation, puis découverte, dans un faux plafond de la maison, du vieux pistolet Ruger que McCurley avait déclaré volé... Face à l'évidence et sous le feu roulant des questions, le vieillard ne tarde pas à avouer. Oui, c'est vrai, c'était lui. Lui qui a enlevé Carla pour la violer. Lui qui l'a tuée pour qu'elle ne parle pas. Et il ajoute, comme pour se dédouaner :

– Quand je l'ai vue dans son jean moulant, avec ce gros pull marron qui lui dessinait les seins, je n'ai pas pu résister.

Les policiers ne relèvent pas, mais, évidemment, ils tiquent. Le soir de son supplice, Carla portait une robe de bal. Le vieillard continue :

– Je me souviens bien, dit-il. J'ai déposé son cadavre au pied d'un immeuble...

Faux, encore : la jeune fille a été retrouvée dans une buse d'écoulement des eaux.

Ces imprécisions ne laissent que deux options. Soit Glen McCurley s'accuse d'un crime qu'il n'a pas commis, et son ADN s'est retrouvé « par hasard » sur les sous-vêtements de Carla. Soit il s'emmêle dans ses souvenirs parce qu'il a tué... plusieurs fois. Plusieurs jeunes filles. Leah Wagner ne tourne pas autour du pot :

– Combien de fois avez-vous tué, Monsieur McCurley ?

– Une seule fois.

– En êtes-vous bien sûr ?

– Euh... à peu près sûr.

En août 2021, il plaide coupable pour l'enlèvement et le meurtre de Clara. En renonçant à ses droits, il est condamné à la perpétuité.

Leah Wagner, elle, continue de fouiller les cartons qui encombrent son bureau. « Il n'y a jamais eu de serial killer à Fort Worth », affirment toujours ses supérieurs hiérarchiques. Vraiment ? FIN

PASSION MEURTRIÈRE

LA TUEUSE À LA DAGUE

Par Alice Bonnaud

« Le meilleur moment dans l'amour, disait Clemenceau, c'est quand on monte l'escalier. » Paul Le Quellec connaît-il ce bon mot ? Sans doute, vu sa passion pour la littérature. Ce 17 juin 2021 en tout cas, il peut mesurer combien c'est vrai. Dès le palier du troisième, le jeune bibliothécaire marque l'arrêt. Encore dix-sept marches avant le quatrième et dernier étage. Sur chacune, son amante a déposé une bougie. Voilà qui annonce une soirée exceptionnelle ! De fait, pas question de trop se hâter. Paul veut savourer chaque marche, chaque degré de son ascension, comme on monte vers la félicité. Ce qu'il ignore, c'est qu'il se dirige tout droit vers la mort…

Le jeune amant continue son ascension, le souffle court, le désir montant un peu plus à chaque pas. Sur chaque marche, la flammèche posée à côté de ses semelles danse et vacille. Et c'est un nouveau feu qui brûle dans sa poitrine enfiévrée…

Dix-sept impulsions plus tard, le voilà qui sonne à la porte de l'appartement, en fusion. Des pas menus résonnent derrière le panneau. C'est elle. Il peut déjà sentir son parfum. À l'instant où elle lui ouvre, il est ébloui. Elle a mis sa petite robe verte, celle qu'il aime tant. D'un sourire mutin, elle l'invite à entrer.

Tout ce cérémonial a chauffé le jeune homme à blanc. Mais ce que Paul ignore, c'est que ces dix-sept bougies n'ont rien d'une invitation au nirvana. Il faudrait plutôt parler de veillée funèbre. Et le mort, ici, c'est lui.

La vie, la mort, l'amour… Entre Paul et Lucile, les rapports ont toujours été ardents. Trop, peut-être. Lorsqu'ils se rencontrent, en 2014, ils suivent tous les deux des études de lettres, à Amiens. Un âge où l'on se croit un peu poète, où l'on fantasme sa vie. La littérature, le désir, le mal… Tout se mélange quand pour la première fois, leurs peaux se frôlent et se trouvent. Bientôt, le foulard que l'un porte au cou se glisse aux poignets de l'autre, s'y noue, se serre. D'abord maladroites, leurs relations charnelles se font plus dures, puissantes et brutales. Les deux jeunes gens cherchent leurs limites. Ils se marquent mutuellement le corps à coups de griffes, à coups de crocs. À coups de poing. Le marquis de Sade préside à leurs ébats. Jamais ils ne se sont sentis aussi vivants.

⁂

Mais bientôt, l'année scolaire s'achève. La vie les éloigne. Paul poursuit ses études pour devenir bibliothécaire. Lucile change de voie et entre en école d'infirmière.

Ils ne se voient plus. Ils ne se parlent plus. En 2017, la jeune femme fait ses débuts à l'hôpital, toujours à Amiens. Mais quelque chose lui manque. Quelqu'un. Elle charge un détective privé de retrouver son ancien amant. Paul vit au Havre. Il est en couple. Mais elle aussi, après tout. Ne sont-ils pas au-dessus de tout ça ? Un coup de fil suffit pour que leurs petites affaires reprennent. Le marché est clair. Pas de « droit de propriété » sur l'autre. Pas d'exclusivité. Leurs rendez-vous resteront des parenthèses qui n'appartiennent à personne d'autre. Jusqu'à ce qu'un « incident » vienne rebattre un peu les cartes. Un soir qu'ils sont essoufflés sur l'oreiller, Lucile annonce à son amant :

– Je suis enceinte.

Le jeune bibliothécaire, son « œuf plein d'amour » comme elle l'appelle, se fige dans l'instant. Cet enfant, il n'en veut pas. Il ne se sent pas prêt. Trop jeune. Trop libre. Loin de jouer les hypocrites, il ne cache pas sa contrariété. Plus tard, alors qu'ils font l'amour, il frappe de ses poings le ventre de la jeune femme.

– Va-t'en ! ordonne-t-il à l'embryon.

Message reçu cinq sur cinq. Lucile avorte des jumeaux qu'elle portait. Mais elle conserve les fœtus dans un bocal. Elle est comme ça, Lucile : elle garde tout. Tous les livres qu'elle a lus, toutes les éprouvettes de sang qu'elle a tirées des veines de son amant. Son appartement ressemble à un bazar biblique où s'entassent crucifix, icônes sacrées, et une Vierge pleurant des larmes rouge carmin. Paul adore. Ce décor le stimule. Mais elle, au fond, pourquoi vit-elle dans ce cadre singulier ? Est-ce pour elle-même, ou pour lui, qu'elle a bâti ce royaume de luxure sado-maso-métaphysique ?

⁂

Devant ses autres partenaires sexuels, l'infirmière avoue la vérité. Le jeune bibliothécaire est « l'amour de sa vie », son « obsession ». Au point qu'en 2021, elle plaque tout pour déménager. Elle veut vivre au Havre, elle aussi. Près de lui.

Arrivée dans la cité portuaire, la jeune femme pose ses bibelots christiques dans un petit appartement du 10, rue Dumé d'Aplemont, au quatrième étage d'un vieil immeuble de briques rouges. Elle a tôt fait de transformer les lieux en un nouveau boudoir dédié aux cérémonies sado-masochistes. Le problème, c'est que le marché conclu autrefois a du mal à tenir. Désormais, Lucile ne supporte plus l'idée que Paul ait d'autres maîtresses. Or, en bon libertin, en bon lecteur de Sade, il en a !

– Tue-moi si tu m'aimes ! lui demande-t-elle plusieurs fois, consumée par la passion.

Lucile a du mal à se l'avouer, car c'est un peu trop « conventionnel », mais elle est tout simplement jalouse. Elle enrage en découvrant qu'une certaine Noémie tourne autour de son beau brun. Ont-ils déjà « consommé » leur complicité évidente ? Le 17 juin, elle veut en avoir le cœur net. Alors que Paul est à la bibliothèque, l'infirmière s'introduit chez lui. Pas besoin d'effraction pour ça : elle dispose d'un double des clés. On ne sait pas s'il est au courant.

Dans l'appartement du jeune homme, l'ordinateur est allumé. Pas de mot de passe à entrer. Lucile ouvre sa boîte mail, tape le prénom honni dans la barre de recherche. Et en un clic, son univers s'effondre. Des messages de cette Noémie, il y en a des tonnes. Des pavés. Lorsque Paul s'adresse à elle, il est lyrique, exalté. Lucile ne peut pas se mentir : son cœur d'amoureuse vient d'exploser. Terrassée par la douleur, elle adresse ce SMS à un ami : « Putain. Putain. Putain. Putain. J'ai mal. Je vais le tuer. »

Sur une pile de livres à côté du bureau, il y a une bouteille de Jack Daniel's. La jeune femme l'ouvre sans réfléchir davantage. Une première gorgée d'alcool brûlant lui remet le cœur d'aplomb. Puis elle prend une deuxième rasade, pour panser ses blessures. À la fin de la bouteille, sa décision est prise.

La souffrance, l'infirmière connaît, comme en témoignent les bleus qui marquent sa peau claire. Y remédier, c'est son métier. S'il y a quelque apaisement à chercher, elle va s'y employer. Dès maintenant. La jeune femme quitte l'appartement et rentre droit à son boudoir.

***

Trois heures plus tard seulement, Paul gravit les dix-sept marches, ornées d'autant de bougies, qui mènent chez elle au quatrième. À peine la porte refermée, c'est l'empoignade. La petite robe verte vole au sol. Les deux amants se dévorent crûment, entre passion et brutalité. Une main qui caresse, l'autre qui étrangle. Sous l'oreiller, Lucile a glissé la dague qu'il lui a offerte. Aux murs, les saintes vierges détournent pudiquement les yeux tandis que les amants se tournent et se retournent. À un moment, la jeune femme prend le dessus et la direction des opérations. Paul remarque-t-il sa main qui s'avance dans les plis du drap ? Songe-t-il à *Basic Instinct*, et à la scène du pic à glace, ou la référence n'est-elle pas assez littéraire pour lui ? Quoi qu'il en soit, les choses s'arrêtent là pour le moment. Les deux amants vont jusqu'au sommet de leur plaisir et retombent. Alors qu'ils récupèrent, le bibliothécaire demande toutefois :

– C'est quoi, ce truc dur sous l'oreiller ?

– T'occupe, élude-t-elle.

Dans le couloir, la sonnette retentit. Un voisin, venu se plaindre de leur enthousiasme ? C'est bien Mme G., du troisième. Mais ce ne sont pas les grincements du sommier qui l'amènent.

– Auriez-vous vu mon chat sur le toit ? demande-t-elle.

En tenue d'Ève derrière sa porte, Lucile se débarrasse vite de la gêneuse. Il est 17 h 30. L'heure du « deuxième round ». Revenant se lover dans les bras de son amant, la grande brune se fait féline à son tour. *Chatte sur un toit brûlant.* C'est alors que Paul, à sa manière sarcastique, lève un sourcil salace :

– Pas mal, la voisine… commente-t-il, en substance.

Que se passe-t-il à cet instant dans la tête de Lucile ? Rien de plaisant, à l'évidence. Reprenant les choses là où elle les avait laissées, la jeune femme remonte en selle sur lui, et glisse cette fois pour de bon sa main sous l'oreiller. Ses doigts graciles se referment sur le manche de la dague. C'est alors qu'elle accepte, dira-t-elle plus tard, « l'irréversibilité » de son élan. Son évidence. D'un geste féroce, elle tire la lame argentée de sa cachette, l'élève dans les airs. Et l'abat d'un seul coup. En visant le cœur.

– Mon amour, qu'est-ce que tu as fait ? croient entendre crier plusieurs voisins, sans pouvoir dire si c'est lui ou elle qui s'exprime.

Une chose est sûre : le jeu est terminé. Les yeux écarquillés, Paul voit la vie quitter sa poitrine à gros bouillons. Toujours à califourchon sur lui, Lucile s'empare de son téléphone, et les doigts glissants de sang, photographie son agonie. Une fois. Deux fois. Trois fois. Elle est comme ça, Lucile : elle garde tout.

***

Deux ans plus tard, les policiers de la BAC du Havre n'ont pas oublié ce jour de printemps. Ils ne l'oublieront sans doute jamais. Les dix-sept marches avec les dix-sept bougies. Cette jeune femme qui les accueille, nue et écarlate, comme émergeant d'un fleuve de sang. Ce corps tiré sur le seuil de la chambre, déjà froid, déjà bleu.

Reste une question qui les hante : pourquoi ? Pourquoi cette jolie fille, cultivée, supérieurement intelligente et apparemment saine d'esprit, a-t-elle commis ce geste si impardonnable, si démesuré ?

En cette fin janvier 2024, alors que s'ouvre le procès de Lucile devant les assises de Rouen, la question est sur toutes les lèvres. Mais en réalité, l'accusée semble la première à se la poser. Était-elle épuisée par son travail ? Traumatisée par son deuxième avortement, survenu juste avant les faits ?

– Je ne cherche pas d'excuse, annonce-t-elle simplement à la cour, la tête droite.

En revanche, elle aimerait comprendre, comme tout le monde. Et ce n'est pas simple.

– Pour la première fois en neuf ans de carrière, j'ai été très déroutée, admet à la barre une experte-psychiatre. Je ne sais pas à qui j'ai affaire…

Une amante sado-masochiste trop romantique, dont les lectures ont monté la tête ? La victime d'une relation toxique, sous emprise, dépassée par ses propres démons ?

– Pas sous emprise, rectifie Lucile, qui choisit toujours ses mots avec soin. En son pouvoir, plutôt. Je lui écris encore. Tous les jours.

D'évidence, la jeune femme fascine les magistrats autant que le public, telle une énigme aux longs cheveux bruns, une icône indéchiffrable. Faut-il retenir la préméditation ? Son crime, elle avoue l'avoir imaginé, rêvé, fantasmé, très longtemps en amont. Mais en un sens, rien d'extraordinaire ici : la mort planait toujours au-dessus de leurs ébats. « C'était lui ou moi », dit-elle. En revanche, à l'en croire, son passage à l'acte aurait été purement spontané. La brûlure de jalousie de trop, après le commentaire sur la voisine. Paul est-il parti vers l'autre monde à cause d'une impulsion ?

Vendredi 2 février 2024, le jury a tranché en retenant la thèse de l'assassinat, et donc de la mort programmée. Lucile a été condamnée à vingt et un ans de réclusion. Une meurtrière est en prison. Une amoureuse aussi, sans aucun doute. FIN

LA MAISON DE L'HORREUR

GARY HEIDNIK, LE « BARBE BLEUE » DE PHILADELPHIE

Par Martine Meunier

Josefina Rivera sent son courage décliner avec ses dernières forces. Depuis une semaine, elle est séquestrée dans un endroit où règne un froid mortel. C'est une prison de cauchemar, un trou dans la terre, trop petit pour s'allonger ou se tenir debout. Creusé sous le béton d'une cave, il est glacé, ruisselant d'eau. L'ouverture est fermée par une planche lestée de sacs de terre que la jeune femme parvient à peine à soulever de temps en temps, en s'écorchant les mains, pour aspirer une goulée d'air. Soudain, elle se fige. Son ravisseur vient d'ouvrir la cave. Il descend l'escalier d'un pas lourd. Enfin la mort, pense Josefina quand l'homme retire les sacs qui obstruent sa prison. Ce qui l'attend est peut-être encore pire. L'homme n'a soulevé le couvercle du cachot que pour y jeter une seconde prisonnière. Comme Josefina, elle est noire, jeune, mince et presque nue. Alors, c'est vrai, comprend Josefina. Il veut vraiment en enlever neuf autres !

POUR ELLE, L'ENFER A COMMENCÉ le 26 novembre 1986. Ce soir-là, une pluie froide douche les trottoirs de Philadelphie, où Josefina vend son corps pour acheter de la drogue et nourrir ses trois enfants. Six semaines après son dernier accouchement, la voilà revenue sous son réverbère. À 25 ans, sa vie est un long, un terrible naufrage.

La Cadillac argentée qui s'arrête à sa hauteur brille devant ses yeux comme un rêve. Le conducteur est un homme blanc d'une quarantaine d'années, à la barbe brune et aux yeux très clairs, un peu tristes. Ses vêtements sont négligés mais une montre de luxe scintille à son poignet. Il offre un café à Josefina, lui dit qu'elle ressemble à Diana Ross et lui propose de l'emmener. D'ordinaire, la jeune femme refuse de suivre ses clients chez eux. Mais ce soir-là, trempée, épuisée, elle accepte de faire une exception.

En chemin, l'homme se présente comme Gary Heidnik, ancien infirmier militaire qui a fait de judicieux placements financiers. Et même de très bons placements, car une Rolls Royce est garée devant sa bicoque de planches, sur North Marshall Street... Josefina le suit à l'intérieur, épatée. Même esbroufe dans l'entrée, dont les murs sont tapissés de dollars ! Ils rejoignent la chambre... Au moment où Josefina est en train de reboutonner son chemisier, Heidnik saisit soudain son cou à deux mains et l'étrangle. Puis il profite de son étourdissement pour lui menotter les poignets et la traîner jusqu'à la cave...

Heidnik semble avoir tout prévu. Il a jeté sur le sol un matelas et du matériel de bricolage. Son premier geste est d'enchaîner Josefina avec des colliers de serrage pour pots d'échappement. Pour les bloquer, il enduit les boulons de colle qu'il fait durcir avec un sèche-cheveux. Il se met ensuite à élargir un trou déjà creusé au centre de la pièce. Tout en pelletant la terre, il dévoile son plan délirant à sa victime :

– Je veux des enfants, beaucoup d'enfants. Je vais ramasser dix filles dans ton genre et les mettre enceintes.

Josefina secoue la tête, incrédule. Pour le moment, elle ne comprend rien... Créer un « élevage » humain dans cette cave ? Pour prouver qu'il dit vrai, Gary Heidnik lui arrache ses vêtements et la viole, une première fois.

Dès que Heidnik a quitté la cave, Josefina, tirant sur ses chaînes, se rue vers le soupirail, arrache le carton qui l'obstrue et appelle à l'aide de toutes ses forces. Aussitôt, Heidnik redescend, la bat violemment et la fait se recroqueviller dans le trou, qu'il referme avec une planche. Puis il remonte allumer des radios et des télévisions dans toutes les pièces, pour masquer ses cris.

***

PENDANT UNE SEMAINE, JOSEFINA se concentre sur un seul objectif : ne pas mourir. Elle lutte contre le froid, le découragement et la peur ; elle n'a pas cru un instant au délire de Heidnik, elle est persuadée qu'après s'être lassé d'elle, il finira par la tuer.

L'enlèvement d'une deuxième victime, le 3 décembre, est un terrible choc. La malheureuse s'appelle Sandy Lindsay. Elle souffre d'un léger handicap mental et Heidnik l'a repérée dans une institution scolaire spécialisée dans laquelle il a travaillé, l'institut Elwyn. Une proie facile, sans défense, qu'il connaissait déjà. Elle venait même régulièrement lui rendre visite chez lui. Il l'a enlevée quand elle a refusé 1 000 dollars pour porter son enfant. Elle ne comprend toujours pas pourquoi « le gentil Gary » est brutalement devenu méchant avec elle. Elle pleure, attachée aux tuyaux du chauffage. Quelques heures plus tard, Heidnik vient lui dicter une lettre, dans laquelle elle annonce à sa mère qu'elle quitte la ville. Josefina comprend, elle, ce que cela signifie : il veut les garder ici pendant des années.

Les deux prisonnières essayent de se réconforter mutuellement. Pour se réchauffer, elles dorment l'une contre l'autre. Quand elles se laissent violer sans résister, Heidnik leur jette un peu de nourriture et les autorise à se laver. Quand elles se débattent et pleurent, il les bat avant de les faire descendre au « trou ». Pendant ce temps, il complète son « harem » dans les rues des quartiers pauvres.

Ses proies sont toujours les mêmes : de jeunes femmes noires dont les disparitions n'intéressent pas la police de Philly, une ville alors en plein marasme économique, dans laquelle la politique de logement a amputé les budgets des quartiers pauvres comme celui de North Philadelphia où vit Heidnik ; une ville où les autorités ne soucient guère des pauvres et des désœuvrés, encore moins ceux issus de la communauté noire...

Sa famille cherche Sandy partout, elle sait que Heidnik est le dernier à l'avoir vue, à l'institut Elwyn. Sa mère et sa sœur vont même frapper à la porte de North Marshall Street. Pas de réponse. Elles signalent la disparition de la jeune fille à la police, qui se rend chez Heidnik. Pas de réponse. Sandy et Josefina sont alors enfermées au sous-sol... L'un des policiers retourne au commissariat pour vérifier les antécédents du suspect : il tape « Hiednik ». Pas de résultat. Fin des recherches. Affaire classée. Deux lettres inversées et l'histoire aurait pu être changée. Car des antécédents, Heidnik n'en manque pas... Et puis Sandra est noire, issue d'une famille pauvre. Alors...

⁂

Le 23 décembre 1986, sur Lehigh Street, il repère Lisa Thomas, 19 ans, baisse la fenêtre de sa Cadillac, la convainc d'accepter un verre, verse de la drogue dans son vin... À la nuit tombée, Lisa rejoint les deux autres jeunes femmes dans la cave. Dix jours plus tard, c'est Deborah Dudley, 23 ans, qui se fait prendre. Les prisonnières sont maintenant quatre et plus difficiles à contrôler. Pour les briser, Heidnik les affame, les nourrissant de pain et d'eau, de hot-dogs périmés, de pâtée pour chiens... Il les viole à tour de rôle. Bientôt, répète-t-il, elles porteront toutes ses enfants.

Le 18 janvier 1987, il pousse jusqu'aux quartiers nord de Philadelphie et ramène Jacqueline Askins, 18 ans. Elle est si frêle que les colliers de serrage sont trop grands pour ses poignets. Heidnik est obligé de l'attacher avec des menottes ordinaires. Ce jour-là, il a un geste imprévu : il ouvre une bouteille de champagne pour l'anniversaire de Josefina – sa première prisonnière, sa favorite. En trinquant avec le pervers, la jeune femme se force à sourire. Aurait-elle un petit espoir de gagner sa confiance ?

En attendant, les sévices se succèdent. Gary Heidnik est obsédé par le désir de contrôler ses victimes. Quand il comprend qu'elles écoutent ses pas pour repérer ses absences, il a une réaction monstrueuse. Il descend dans la cave, les attache, bras levés, à un tuyau, et une par une, il leur enfonce des tournevis dans les oreilles pour leur crever les tympans.

Toutes sont mutilées, sauf Josefina. Les jeunes femmes hurlent de douleur et de désespoir. Et elles ne sont qu'au début de leur calvaire...

Dans les premiers jours de février, Heidnik surprend Sandy Lindsay en train de soulever le couvercle du trou. Pour la punir, il l'attache par un bras à une poutre du plafond. Pendant plusieurs jours, il l'abandonne dans cette posture intenable. La jeune femme s'épuise, hurle, pleure. Ses yeux se troublent. Son souffle est court. Heidnik ne la décroche pas. Comme il est persuadé qu'elle est enceinte de lui, il se contente de lui enfoncer dans la bouche des morceaux de nourriture que Sandy vomit aussitôt... Après cinq jours, elle perd connaissance. Heidnik la décroche, soulève la trappe, la laisse tomber inerte dans le trou. Un peu plus tard, il ouvre à nouveau la cellule pour prendre son pouls. Elle est morte.

– Un bébé de perdu, grogne Heidnik.

Que faire du cadavre ? Impossible de l'abandonner dans la fosse avec les quatre survivantes. Difficile de le jeter à l'extérieur sans attirer l'attention. Heidnik décide de s'en servir pour donner une leçon aux autres. Il hisse le corps au rez-de-chaussée. Pendant des heures, des grincements, des bruits de moteur, puis des odeurs de brûlé filtrent jusqu'à la cave. Heidnik force ensuite Deborah, la plus rebelle, à monter à la cuisine. Quand elle redescend, elle est pâle, à peine capable de décrire ce qu'elle a vu :

– Il a ouvert une marmite posée sur le gaz et m'a forcée à regarder. Il y avait la tête de Sandy à l'intérieur... Il a mis sa cage thoracique au four, et ses bras et ses jambes au congélateur dans des sacs plastiques. Il m'a dit que si je n'obéissais pas, je serai la prochaine...

Le sadisme de Heidnik défie l'imagination. Dans les jours suivants, il mixe des morceaux du cadavre avec la « pâtée » des prisonnières et les force à l'ingurgiter... L'odeur putride de sa tambouille finit par alerter des voisins, qui préviennent la police. Heidnik détourne leurs soupçons en prétendant qu'il a « laissé brûler son rôti ». Il descend retrouver ses proies. Comme elles lui résistent, il pousse les tortures physiques au degré supérieur : il branche un câble sur une prise et s'amuse à envoyer des décharges électriques dans les chaînes des jeunes femmes, qu'il regarde se tordre, convulsées, sur le sol.

***

Le 18 mars, ce jeu pervers tourne au drame. Heidnik remplit la fosse d'eau, perce des trous dans la planche et y glisse le fil électrique. Quand l'extrémité dénudée touche l'eau, les trois femmes restées dans la fosse s'agitent comme des pantins. Puis il force Josefina à prendre le relais. L'une d'elles, Deborah, reçoit plusieurs décharges d'affilée. Elle hurle avant de s'effondrer, la tête dans l'eau :

– Elle est morte ! crient Jacqueline et Lisa.

Heidnik, imperturbable, se lève pour aller faire des sandwiches. En nourrissant les survivantes, il leur demande avec un sourire :

– Vous préférez que ce soit tombé sur elle, non ?

Pour assurer son emprise sur ses captives, il tend un papier et un stylo à Josefina et la force à rédiger une confession selon laquelle elle a participé au meurtre de Deborah :

– Comme ça, si je tombe, tu tombes avec moi.

Son calcul est absurde, Josefina n'a plus rien à perdre. Mais la jeune femme décide d'en profiter. Elle fait semblant de se soumettre entièrement. Dupé, Heidnik la détache. Il l'autorise même à remettre des vêtements. Dans sa folie, il imagine faire d'elle sa complice et oublie toute prudence.

Les jours suivants, il lui demande son aide pour planquer le corps de Deborah dans le congélateur. Josefina se force à obéir, avec un sourire. Heidnik prend confiance et l'emmène dehors, pour la première fois depuis quatre mois. Il la conduit dans des magasins de vêtements, et même au restaurant. Josefina en tremble d'émotion. La voilà en public, presque libre, mais sous surveillance. Doit-elle essayer de fuir ? La peur est trop forte, le risque trop grand. Et surtout, il y a les autres filles : que leur arriverait-il si elle s'enfuyait ? Heidnik risquerait de les punir très sévèrement. La jeune femme préfère attendre. Elle écoute patiemment les déclarations de Gary Heidnik, qui croit l'avoir séduite et se vante de ses succès :

– J'ai un QI de 130, déclare-t-il. En quittant l'armée, j'ai créé une petite congrégation religieuse. J'ai pris 3 500 dollars dans la caisse et je les ai placés. À présent, j'ai un demi-million sur un compte chez Merrill Lynch !

Il lui raconte aussi qu'il ne craint pas la justice :

– Si je me fais prendre, je ferai semblant d'être dingue. Ça a marché la dernière fois…

Et il dit vrai : en 1978, Gary Heidnik a déjà commis un premier crime…

La congrégation religieuse ? L'homme, apparemment très croyant, a fondé sa propre église, l'Église unie des envoyés de Dieu, et s'est même auto-ordonné évêque ! Il célèbre des messes au premier étage de sa maison de l'horreur, accueillant régulièrement quelques « fidèles ». « Monseigneur Heidnik » est un homme respecté dans son quartier, un homme blanc et religieux dans un quartier pauvre. Mais son église est aussi un moyen de ne pas payer d'impôts sur l'argent qu'il gagne avec ses placements. Un moyen également de repérer ses futures victimes parmi les « brebis égarées » de ce quartier pauvre ?

***

Flash-back... Gary Heidnik est né le 22 novembre 1943 dans l'Ohio et a grandi dans une cité de Cleveland. Alors qu'il est âgé de 2 ans, ses parents, Michael et Ellen, divorcent sur fond d'histoire d'alcoolisme. Gary et son frère cadet Terry sont d'abord élevés par leur mère pendant quatre ans, avant de partir chez leur père et sa nouvelle femme. Gary prétendra plus tard avoir été souvent abusé psychologiquement par son père : le garçon souffre d'énurésie nocturne et Michael Heidnik l'humilie en accrochant ses draps souillés à la fenêtre de sa chambre, à la vue des voisins... En classe, Heidnik est un bon élève, mais il est régulièrement chahuté par ses camarades à cause de sa tête déformée à la suite d'une chute d'arbre.

À 14 ans, il s'inscrit à l'Académie militaire de Staunton avant de rejoindre l'armée à 17 ans, où il va servir pendant treize mois. Le jeune militaire est qualifié d'« excellent » par son instructeur. Il demande à intégrer la police militaire, mais sa demande est rejetée. Il est envoyé à San Antonio, où il débute une formation médicale, avant d'être transféré dans un hôpital militaire en RFA. Là-bas, en août 1962, Heidnik se plaint de maux de tête sévères, de vertiges et autres nausées. Un neurologue diagnostique une gastro-entérite mais note également quelques troubles mentaux et prescrit du trifluopérazine. En octobre, Heidnik est transféré dans un hôpital militaire à Philadelphie, où on lui décèle un trouble de la personnalité schizoïde : il est démis de ses fonctions militaires. Peu de temps après, devenu infirmier, Heidnik travaille dans le service psychiatrique d'un hôpital de vétérans, mais en est renvoyé pour comportement agressif envers des patients. Dès lors, il enchaîne les séjours en psychiatrie et fait plusieurs tentatives de suicide, pas moins de treize dit-on. En 1970, sa mère met fin à ses jours. Peu après, son frère Terry tente lui aussi de se suicider... C'est en octobre 1971 que Heidnik fonde son église et débute ses placements financiers grâce aux premiers dollars recueillis, en commençant par un investissement fort judicieux dans le magazine *Playboy*. Il amasse ainsi plus de 500 000 dollars, tout en étant couvert à cent pour cent par l'assurance maladie et en percevant une allocation d'invalidité. Argent qu'il dépense essentiellement dans des voitures de luxe. Mais l'homme n'a en réalité rien d'un saint...

En 1976, il est condamné pour la première fois à une peine de prison ferme pour coups et blessures et port d'un pistolet non autorisé. À sa sortie, il rencontre Anjeanette Davidson, avec qui il a une fille, Maxine, née le 16 mars 1978, et immédiatement placée en famille d'accueil. Peu de temps après, Heidnik est arrêté pour l'enlèvement et le viol d'Alberta Davidson, la sœur d'Anjeanette, qui vivait alors dans une institution pour handicapés mentaux. Heidnik l'avait fait sortir pour la séquestrer dans son sous-sol, avant d'abuser d'elle. Sinistre prélude...

Sur information de l'institution médicale, Heidnik est arrêté, puis jugé en novembre 1978 et reconnu coupable d'enlèvement, viol et séquestration : il écope de trois à sept ans d'emprisonnement. En appel, il plaide la folie pour alléger sa peine, prétend que Satan l'empêche de parler et reste muet pendant plus de... deux ans ! Interné en hôpital psychiatrique, il est libéré dès avril 1983. Et va désormais se lancer dans le rapt en série...

Il s'installe sur North Marshall Street et, pendant les deux années qui suivent, il correspond via un service matrimonial avec sa future femme, Betty Disto, originaire des Philippines, qu'il épouse en octobre 1985. Mais l'idylle est de courte durée. Dès que Betty tombe enceinte, l'attitude de Heidnik change du tout au tout : il se met à être violent, à la battre. Il invite d'autres femmes et force son épouse à les regarder... Avec l'aide de la communauté philippine de Philadelphie, Betty parvient à quitter son mari en janvier 1986, et donnera naissance à Jesse John Disto en septembre. Après son départ, elle accuse Heidnik de viol conjugal et de relations sexuelles déviantes, mais terrorisée, elle ne se présente pas à l'audience préliminaire. Heidnik est relâché... Il va pouvoir désormais assouvir ses terribles pulsions.

***

RETOUR EN MARS 1987, le 22 précisément. Heidnik demande à nouveau l'aide de Josefina, pour porter le corps congelé de Deborah à l'arrière d'une camionnette avant de le jeter dans les Pine Barrens, une immense pinède traversée de marais. Dès le lendemain, il se met en quête d'une remplaçante et ramène à la cave Agnes Adams, 24 ans, sa sixième victime. Josefina comprend qu'elle ne doit plus attendre.

Elle prend un ton enjôleur pour supplier Heidnik :

— Je voudrais tellement revoir mes enfants, Latoya, Zornae et Ricardo...

Chose improbable, Gary Heidnik se laisse attendrir. Il autorise

Josefina à rendre visite à sa famille. Le soir même, il la dépose au pied de l'immeuble où vit son dernier petit ami, Vincent Nelson. Il est persuadé qu'après une heure ou deux, elle viendra le rejoindre à la station-service du coin ! Josefina, bien sûr, n'en fait rien. Dès qu'elle est seule, elle tambourine à la porte de Vincent Nelson, en proférant des propos incompréhensibles.

– Ce type est dingue ! Il nous viole pour nous faire des bébés ! Il nous a fait manger le corps de Sandy !

Nelson alerte la police, qui dépêche deux agents. Ceux-ci refusent d'abord de croire Josefina. Mais quand elle relève son jean pour montrer les cicatrices laissées sur ses chevilles par les chaînes, ils sont bien obligés de la prendre au sérieux. L'urgence est désormais d'interpeller Heidnik.

L'homme attend toujours dans sa Cadillac, à la station-service. Il n'oppose aucune résistance lorsque la police l'arrête.

Il est 5 heures du matin quand la police débarque sur North Marshall Street pour fouiller sa maison. La maison de l'horreur. La vieille baraque au porche de bois paraît branlante, mais la porte est solide. Josefina explique que Heidnik bloque la moitié d'une clé dans la serrure pour empêcher qu'on l'ouvre avec un passe. Il faut enfoncer le battant.

Les agents filent tout droit à la cave. Deux femmes transies, décharnées, dorment à terre, sous une couverture crasseuse. Des chaînes les relient à un tuyau qui court au plafond. Elles sont méconnaissables : l'une d'elles, Lisa Thomas, a perdu trente kilos.

Réveillées, elles hurlent de terreur. Les policiers doivent les rassurer avant de pouvoir les interroger :

– Y a-t-il d'autres personnes avec vous ?

En tremblant, les jeunes femmes désignent une plaque de contreplaqué lestée de sacs de terre. Sous la planche, Agnes Adams, la dernière arrivée, gît grelottante, dans quinze centimètres de boue. Dans la cuisine, une casserole en aluminium contient encore un fond de graisse jaune. Un torse calciné est enfermé dans le four. Le mixer est parsemé de fragments de chair humaine…

***

Durant les années suivantes, Gary Heidnik se bat pour éviter la peine capitale et plaide la folie. Ironie de l'histoire, son banquier vient ruiner sa défense en le décrivant comme un investisseur avisé. Condamné à mort, « le Barbe Bleue de Philadelphie » a été exécuté le 6 juillet 1999 par injection mortelle au pénitencier de Rockview.

Pour Josefina Rivera, en revanche, le cauchemar continue. Durant le procès, les autres jeunes femmes l'accusent d'avoir aidé Heidnik. La justice ne les croit pas, mais la culpabilité et le souvenir des tortures endurées la rongent.

Pendant sa captivité, Josefina a fait preuve d'un courage surhumain. À présent, elle se sent vidée. Quand elle voit un nid-de-poule dans la chaussée, elle revoit la fosse où elle a croupi et fond en larmes. Un simple tournevis la fait hurler de terreur. Plusieurs fois, elle tentera sans succès de récupérer la garde de ses enfants. Plusieurs fois, elle retombera dans la prostitution. Un mariage raté, suivi d'un divorce en 2005, la laissent meurtrie, abattue.

C'est seulement en 2010 qu'elle parvient à arrêter la drogue et à reprendre contact avec sa famille. Depuis, elle a retrouvé la paix avec un nouveau compagnon et habite un modeste studio d'Atlantic City. Le jour, elle se promène sur la plage en ramassant les morceaux de verre coloré que les vagues ont poli sur les galets. Le soir, elle garde ses petits-enfants. Vingt-huit ans après les faits, en 2014, elle a publié un livre, *Cellar Girl*, dans lequel elle retrace sa terrifiante expérience :

– Je pense à ces femmes de l'Ohio qui ont été retenues pendant des années par Ariel Castro[1]. Il leur reste un long chemin à parcourir. On ne se remet jamais tout à fait d'une épreuve comme la nôtre. Longtemps, j'ai été hantée par celles qui sont mortes près de moi. Aujourd'hui, je me sens un peu plus libre.

Quant à Gary Heidnik, son histoire a inspiré le personnage terrifiant de Buffalo Bill dans le film culte de Jonathan Demme, *Le Silence des agneaux*. Une bien sordide postérité pour cet homme assoiffé de pouvoir et de domination, un récidiviste blanc et soi-disant empreint de religiosité qui a pu œuvrer dans une Amérique où retrouver des femmes noires vivant en marge de la société n'avait rien d'une priorité. **FIN**

1 Ndlr : Ariel Castro a séquestré trois jeunes Américaines à Cleveland, pendant plus d'une décennie, entre 2002 et 2013 (voir *Les séquestrées de Cleveland* dans Pulp Non Fiction volume 1).

INNOCENCE PERDUE

L'AFFAIRE ELLIE BUTLER

Par Marc Vitry

Après des années de séparation, toute la famille est enfin réunie sous le sapin pour une belle photo souvenir : Ben Butler, le père, Jennie Gray, sa femme, et leurs deux filles Ellie, 6 ans et Isabella, 3 ans. Ce sera le seul et le dernier Noël que la famille passera ensemble. Mais derrière ces beaux sourires figés se cache une réalité terrible, qu'il aura fallu des années à découvrir, et dont l'issue sera fatale…

Coiffé en brosse, le menton fendu d'une fossette, les yeux brillants de larmes, Ben Butler, 27 ans, brandit devant les caméras de télévision la photo d'une petite fille de 3 ans.

– Pourquoi ils nous ont pris Ellie ? Elle devrait être avec ses parents qui l'aiment ! s'exclame-t-il.

À ses côtés, la femme de Ben tend vers les journalistes le portrait de leur second enfant, Isabella, un bébé blond aux yeux gris clair.

– Isabella ne peut pas vivre loin de moi. Elle risque de mourir ! dit-elle d'une voix cassée.

Le reportage diffusé le soir même révolte des milliers de téléspectateurs. Pourquoi retirer la garde de leurs enfants à ces jeunes parents ? De quoi se mêlent les services sociaux ?

Ben explique devant les caméras que tout a commencé trois ans auparavant, le 7 février 2007…

– J'avais l'impression qu'Ellie respirait mal. Je n'arrivais pas à lui faire du bouche-à-bouche… À l'époque, elle n'avait qu'un mois et demi. J'ai appelé les secours.

Comme l'ambulance tarde à venir, Ben se fait conduire par un ami à l'hôpital de Saint-Helier, au sud de Londres. Les médecins parviennent à réanimer Ellie mais son état leur paraît suspect. La fillette présente un hématome crânien. Ses yeux injectés de sang évoquent le syndrome du bébé secoué, un traumatisme résultant de violences domestiques.

– À l'hôpital, on m'a demandé si je maltraitais ma fille. Alors que j'ai arrêté de travailler pour m'en occuper à plein temps !

Jennie confirme que Ben est un vrai papa poule. Mais les services sociaux du secteur de Sutton – qui ont noté des condamnations pour violences sur le casier judiciaire de Butler – ne veulent prendre aucun risque. Au mois de mars, ils retirent la garde d'Ellie à ses parents et la confient aux bons soins de ses grands-parents maternels, Linda et Neal Gray.

– Depuis, se plaint Jennie aux journalistes, nous sommes entourés de mépris, de soupçons… Ben est traité comme un criminel.

***

Le jeune père de famille est condamné à dix-huit mois de prison pour coups et blessures. On le jette en cellule avec des violeurs d'enfants. Seule Jennie le soutient, convaincue de son innocence. Quand il est libéré, Ben la rejoint dans un appartement vide, sans rire d'enfants. Et lorsque Jennie découvre qu'elle est à nouveau enceinte, c'est la panique. De peur qu'on lui prenne son second bébé à la naissance, la jeune femme accouche en secret. Elle met seule au monde une petite Isabella qui grandit bien. Ses parents l'emmènent régulièrement à la campagne pour fuir la pollution de Londres. C'est à l'occasion de l'un de ces trajets qu'ils sont arrêtés lors d'un banal contrôle routier. Les autorités découvrent alors l'existence d'Isabella. La fillette, qui a 6 mois, leur est retirée et confiée à une famille d'accueil.

Commence pour Ben et Jennie un combat qui va durer trois ans. Ils y mettent toute leur énergie, tout leur amour. Le jeune père commence par faire appel de sa première condamnation.

L'affaire reprend à zéro. De nouveaux experts déclarent que les hématomes d'Ellie sont le résultat d'un accouchement difficile et ne traduisent pas de violences.

– Si la petite avait été secouée, observe un médecin, elle n'aurait pas si bien récupéré.

L'avocat de Ben présente à la cour un scanner réalisé à l'hôpital, qui suggère qu'Ellie souffrait d'un kyste dans les voies respiratoires et que son père lui a probablement sauvé la vie en pratiquant la respiration artificielle. Les trois juges qui forment la cour blanchissent totalement Ben Butler. Malgré cela, les services sociaux traînent des pieds pour rendre Ellie et Isabella !

***

Jennie et Ben n'ont plus d'autre recours que de prendre à témoin l'opinion publique. D'interview en interview, ils clament leur désarroi :

– Voilà quatre ans que nos filles grandissent sans nous, séparées l'une de l'autre !

Ellie a été confiée à ses grands-parents maternels ; mais Jennie ne peut la voir que six fois par an pendant deux heures. L'opinion est indignée. En mai 2011, la Haute Cour de justice ordonne un réexamen du dossier. L'affaire est portée devant Mary Hogg, une juge aux affaires familiales expérimentée. En octobre 2012, la magistrate rend un jugement de 88 pages, d'une grande sévérité à l'égard des services sociaux.

– Ben Butler a peut-être commis des gestes violents dans le passé, mais jamais à l'égard d'enfants, écrit la juge Hogg. Les blessures d'Ellie peuvent s'expliquer d'elles-mêmes. Dans ces conditions, je ne retiens aucun grief contre lui. J'ordonne qu'on lui rende ses enfants et que toute mention de sa condamnation soit effacée.

À la grande joie de Ben, de Jennie et de leur comité de soutien, Mary Hogg ajoute ce commentaire personnel :

– Les quatre ans et demi qui viennent de s'écouler ont été une épreuve terrible pour ces parents. Ils ont fait preuve de ténacité et de courage. C'est pour moi une joie de les réunir à leurs filles. Il est rare qu'une procédure judiciaire se termine si bien. Je leur souhaite beaucoup de bonheur !

***

En novembre 2012, les fillettes emménagent dans leurs deux chambres peintes en rose. Le soir de Noël, Ben et Jennie convoquent la presse pour photographier leur premier réveillon en famille. Déguisées en angelots, les deux sœurs qui ne se connaissaient pas courent en riant de joie autour de ceux qu'elles appellent enfin « Papa » et « Maman » !

Le lendemain, les journalistes les accompagnent au bowling où ils voient Ben, tout sourire, offrir à ses filles leurs figurines préférées – Minnie Mouse pour Ellie, la fée Clochette pour Isabella – ainsi qu'un chiot Jack Russell.

Dans ce concert de joie, il y a pourtant deux voix discordantes. Celles de Neal et Linda Gray, les parents de Jennie. Quand Ellie leur a été confiée, ils se sont aperçus tout de suite que c'était une enfant craintive. Bizarrement, elle ne réclamait jamais ni son papa ni sa maman. Le jour où les services sociaux ont évoqué son retour chez ses parents, elle s'est cachée derrière les rideaux du salon ! Le soir même, elle a fait un cauchemar dans lequel Ben et Jennie l'enlevaient.

Le grand-père, inquiet, met publiquement en garde la juge Hogg :

– Attention ! Si vous rendez Ellie à ses parents, vous risquez d'avoir du sang sur les mains !

Mais la juge Hogg ne tient pas compte de cet avertissement et force les grands-parents à restituer l'enfant. Déchirés, Neal et Linda obéissent – sans pouvoir chasser un pressentiment terrible. Ils sont convaincus que Ben Butler est un comédien. Il a un visage pour les journalistes qu'il dupe devant les caméras, un autre pour sa famille... Alors, chaque fois que les grands-parents vont rendre visite à leurs petits-enfants, ils scrutent leurs visages. Le 27 octobre

2013, soit onze mois après avoir perdu la garde de leur petite-fille, ils croisent brièvement Ellie dans un fast-food. La fillette a les cheveux en bataille, des chaussures dépareillées, des bleus sur le front. Son regard est éteint, ses orbites creusées...

Le 28 octobre 2013, à 12 h 46, Ben qui est toujours « homme au foyer », appelle Jennie sur son lieu de travail :

– Rapplique tout de suite, j'ai un problème.

Jennie, qui est graphiste, rassemble ses affaires et saute dans un taxi. Quand elle arrive à Westover Close, la résidence de briques où ils occupent un duplex, il est trop tard. Dans sa chambre, à l'étage, Ellie, 6 ans, est morte. L'arrière de son crâne porte une plaie béante. Ben ne donne aucune explication. Il ordonne seulement à Jennie de l'aider à camoufler le drame en accident. Ensemble, ils imaginent une mise en scène minable : Jennie sort acheter un gâteau et le découpe, comme si elle avait préparé un déjeuner en famille. Elle demande ensuite à Isabella d'aller chercher sa grande sœur dans sa chambre, comme si de rien était. À elle de découvrir qu'Ellie ne bouge plus...

***

C'est seulement à 14 h 45 que Ben et Jennie appellent les secours. Le corps d'Ellie est déjà froid. Ses parents prétendent qu'elle est tombée d'un tabouret en jouant. Les médecins refusent de les croire. Pour provoquer une telle blessure, il faut que la fillette ait été violemment frappée ou projetée contre un mur, à au moins deux reprises. À 21 h 20, Ben Butler est mis en examen pour meurtre. En fouillant les poubelles de la résidence, les policiers retrouvent le journal intime de Jennie, dans lequel la jeune femme raconte les insultes et les humiliations qu'il lui a infligées...

On y découvre que Ben Butler était un homme brutal, impulsif. Il ne supportait pas de jouer les hommes au foyer avec les enfants. Et il acceptait mal de dépendre de Jennie, qui gagnait tout l'argent du ménage. Alors, il la harcelait de SMS menaçants : « T'as intérêt à pas m'énerver aujourd'hui, je suis à cran, à deux doigts de péter les plombs... »

Par la terreur, il l'avait tenue dans une soumission totale. Fin septembre, dans des circonstances inconnues, il était allé jusqu'à briser l'épaule d'Ellie. Sa mère n'avait rien osé dire et la fillette était restée sans soins.

C'est cette triste réalité qui vient d'être révélée devant le tribunal londonien d'Old Bailey où Ben Butler était jugé pour meurtre. Après sept semaines d'audience, il a été condamné à une peine minimum de vingt-trois ans de détention. Jennie

Gray – qui n'a pas réussi à se libérer de son emprise et lui a rendu visite plus de deux cents fois en prison – a écopé de quarante-deux mois de détention pour complicité de mauvais traitements. Linda Gray, la grand-mère d'Ellie, n'a jamais su que justice avait été rendue : elle est morte le premier jour du procès. Quant à Isabella, depuis que ses parents l'ont envoyée « découvrir » la mort de sa grande sœur, elle doit suivre une psychothérapie.

Mary Hogg, la juge qui a rendu la victime à son meurtrier, a pris sa retraite anticipée, six jours avant le procès, dans sa jolie maison de campagne du Sussex. Quand on lui a demandé si elle regrettait sa décision, elle a répondu qu'elle ne souhaitait pas en faire « une affaire personnelle ». FIN

ENNEMIS PUBLICS

LE GANG DES TRACTIONS AVANT ET PIERROT LE FOU

Par Charles Lombard

Durant l'hiver 1946, dans une France convalescente au sortir de la sombre période de l'Occupation, une équipe de braqueurs constituée d'une improbable brochette de personnages hors du commun, à commencer par Pierre Loutrel alias « Pierrot le Fou », inaugure une série de hold-up qui marquera pour longtemps les annales criminelles.
Le « gang des tractions avant », comme le baptiseront les journaux et la TSF, entame sa brutale trajectoire. Émaillée de spectaculaires et lucratifs coups de main, de violence et de cadavres, elle sera de courte durée mais fera résolument entrer le grand banditisme dans l'ère moderne.

En cela précurseur, ce groupe d'une poignée d'hommes monte ses attaques comme de véritables opérations commandos, prépare et minute son passage à l'action, sans omettre aucun de ces détails où se niche le diable et dont la négligence peut se payer, au mieux, d'une flopée d'années à réfléchir derrière les barreaux.

La méthode de ces gangsters au look tout droit sorti d'un tableau d'Edward Hopper est simple : frapper vite et fort ; et leur doctrine, plus simple encore : ni hésitations ni scrupules.

La dureté est de rigueur. Et le professionnalisme, de mise, à tous les étages : renseignements solides sur l'objectif, obtenus grâce à des réseaux sûrs ; armes intimidantes et suffisamment fiables pour parer à toute surprise ; voitures de qualité pour s'emparer du butin et disparaître sans laisser derrière soi de traces exploitables ; et la peur, celle qu'on insuffle dans la pègre et ailleurs, pour dissuader les potentielles balances.

Des Bat' d'Af' – bataillons d'Afrique du Nord – aux salles de torture nazies et autres décors empoisonnés, le gang des tractions avant a bien retenu les leçons de l'école du crime fréquentée par ses membres. Il ne lui reste plus qu'à passer aux travaux pratiques.

⁂

Le premier méfait attribué à ces professionnels du braquage remonte au 7 février 1946. Ce jour-là, avenue Parmentier, dans le Xe arrondissement de la capitale, cinq hommes armés de mitraillettes Sten et de pistolets automatiques attaquent et dévalisent un fourgon du Crédit Lyonnais avant de s'enfuir aussitôt à bord de deux Citroën 11 CV, ces tractions avant à l'inquiétante silhouette noire et trapue. Tout s'est passé en moins de cinq minutes, sans fausse note, sans un coup de feu, laissant aux malfaiteurs un butin en espèces de trois millions de francs. Une jolie somme à l'époque.

L'enquête sur ce vol à main armée revient aussitôt aux commissaires et inspecteurs de la direction de la Police judiciaire parisienne du 36, quai des Orfèvres.

Depuis la libération de Paris, ces policiers de la « Tour pointue » sont débordés par une vague de crimes et de délits qui affole les compteurs statistiques. Au cours du premier semestre de l'année 1945, on recense sur le seul département de la Seine – l'équivalent de Paris et de sa petite couronne d'aujourd'hui – plus de soixante-douze mille affaires graves à traiter, soit plus du double des années antérieures dont une kyrielle de hold-up en tous genres, contre des fourgons ou des encaisseurs, contre des magasins, des régies, des postes ou des agences bancaires. Rien d'étonnant dans un pays en pleine réorganisation et où des armes à feu traînent encore un peu partout.

Le phénomène a pris de telles proportions qu'à la demande du préfet de police, le directeur de la PJ, André Roches, vient de créer au sein de la célèbre brigade criminelle du quai des Orfèvres une « brigade des agressions » exclusivement chargée de mettre en échec les équipes de braqueurs qui profitent de la situation. Installés sous les combles du 36, dans des bureaux exigus et incommodes, placés sous le commandement de l'inspecteur principal Petit et de l'inspecteur principal adjoint Émile Nouzeilles, les hommes des « Agress' » ne chôment pas. Tous les moyens sont bons pour identifier les auteurs de vols à main armée et les capturer, les « serrer », dit-on dans le jargon péjiste. Les informateurs, petits trafiquants, julots casse-croûtes et autres pousse-mégots de la pègre parisienne sont sollicités en permanence et doivent s'activer s'ils espèrent conserver ou obtenir une faveur ; les appareils d'écoute téléphonique tournent à plein régime.

L'attaque à main armée du jeudi 7 février n'a, a priori, rien d'exceptionnel dans cette période où les braquages sont monnaie courante. Toutefois, quelques vieux briscards de la PJ, à l'instar du patron de la Criminelle, le commissaire divisionnaire Lucien Pinault, au calme légendaire, ont noté le brio et la sûreté dans l'exécution de l'opération. Ils ont relevé aussi, non sans appréhension, l'absence totale d'indices matériels laissés derrière eux par les malfaiteurs. Les deux tractions avant utilisées ont été volées la veille et retrouvées le soir même en proche banlieue, purgées de toute trace, de tout objet susceptible de trahir les truands. Qui plus est, ces derniers ont pris soin de porter chapeaux et imperméables aux cols relevés pour masquer le mieux possible leurs visages au cours du hold-up. Quant au témoignage des convoyeurs, il n'apporte qu'une maigre contribution aux investigations.

Celles-ci en sont encore à leur tout début quand des braqueurs remettent le couvert. Le 10 février, toujours à Paris, ils cernent dans l'enceinte de la gare de Lyon une camionnette des PTT et, sans coup férir, délestent les convoyeurs de quelque huit millions de francs. Encore une affaire rondement menée. La PJ parisienne ne fait pas encore le lien entre les deux attaques et ignore tout de la composition de l'équipe.

C'est une curieuse composition d'ailleurs qu'ils découvriront par la suite, une collection de voyous au passé de toutes les teintes. La bande n'a pas de chef, mais un personnage central, une sorte de mauvais génie à la spirale dévastatrice qui fait le lien entre tous. Il se nomme Pierre Loutrel. On le surnomme « Pierrot le Fou ». Il a 30 ans en 1946 et un mètre soixante-huit de pure violence derrière son regard torve et son sourire inquiétant d'alcoolique. Il y a en lui quelque chose d'infiniment troublant, qui semble indiquer que tout lui est possible, à commencer par le pire.

Fils d'une « honorable famille » de fermiers de la Sarthe, l'intenable Loutrel fugue dès ses 15 ans et part comme mousse sur un navire de commerce, traîne ici et là dans des ports lointains, se familiarise avec le monde de la pègre, ses hommes, son langage et ses règles. De retour au pays au milieu des années 1930, il débarque dans le Marseille du temps de Carbone et Spirito, s'initie au brigandage et aux petits trafics. De quoi rapidement lui valoir un passage en correctionnelle avec quelques mois de prison à la clé. Et une lourde conséquence : compte tenu des textes en vigueur et de sa condamnation, au moment du service militaire, Pierre Loutrel est envoyé aux tristement célèbres Bat' d'Af', les bataillons d'infanterie légère d'Afrique. Ceux-ci accueillent les jeunes condamnés de droit commun et les militaires indisciplinés, autrement dit les fortes têtes, les rebelles et autres asociaux de tout poil que l'on compte redresser. Voilà notre homme dirigé vers Foum Tataouine, au sud-est de la Tunisie, ce bagne qui ne dit pas son nom où les sévices, les brimades et les humiliations reviennent chaque jour. C'est là-bas qu'il rencontre Joseph Brahim Attia, un colosse aux multiples tatouages qui a toujours rêvé de devenir boxeur professionnel mais a surtout réussi à accumuler les condamnations pour vol. Entre Loutrel et « Jo le Boxeur », deux des piliers du futur gang des tractions avant, une amitié est née que rien n'affectera.

Démobilisé en 1938, Pierre Loutrel monte à Paris, devient un temps garçon de café du côté de la place Blanche avant de glisser dans la cambriole et de gagner le surnom de « Pierrot la Valise » en raison de cet accessoire qui ne le quitte plus et où il range les objets volés à livrer aux receleurs. Il traverse les premières années de la Seconde Guerre mondiale sans attirer l'attention de quelque manière que ce soit et ne figure ni parmi les victimes, ni dans les rangs des prisonniers de guerre ou des premiers résistants. Profil bas.

On le retrouve en 1942 jouant sa partition sur plusieurs tableaux. Il est à la fois gérant d'un bar-hôtel dont le tiroir-caisse est tenu par sa compagne Marinette et employé par l'Occupant, comme homme de main de la Gestapo dont le service central est installé au 36 de l'avenue Foch. Depuis avril 1942, à la requête de Heinrich Himmler, c'est le général SS Carl Oberg qui monopolise en France les pouvoirs de police confisqués aux militaires. La Gestapo tient donc le haut du pavé.

À un moment donné, Loutrel gravite même autour de la Carlingue, la Gestapo française du 93, rue Lauriston. Mais il finit par prendre ses distances et, tant qu'à faire de la sale besogne, a choisi de travailler pour les Allemands eux-mêmes plutôt que pour l'un de leurs ersatz. Il noue néanmoins des liens très forts avec plusieurs des affidés de cette Carlingue qui constituera le creuset du futur gang des tractions.

La Carlingue – le surnom lui vient d'un bar voisin fréquenté par des aviateurs – est un service auxiliaire de police mis en place par le Troisième Reich pour l'aider dans une tâche essentielle : le pillage de la France. L'Abwehr puis la Gestapo se sont dotées de bureaux d'achats pour récupérer à moindres frais et en dehors des circuits officiels les matières premières, les matériaux les plus divers indispensables à la machine de guerre allemande. Rassemblant des truands patentés et d'anciens policiers déchus, le service de la rue Lauriston est devenu l'efficace instrument du couple Henri Chamberlin, alias Lafont, et Pierre Bonny. Armés, disposant de voitures, d'essence et de cartes de circulation allemandes – les *Ausweis* permanents –, ils font la pluie et le beau temps dans la pègre et jusqu'aux couloirs de la préfecture de police. C'est à eux qu'il revient de dénicher les valeurs à acheter ou à saisir, et de tout faire pour que le résultat de l'opération plaise à leurs maîtres. Et tant mieux si, au passage, cela sert leurs intérêts.

La spoliation des familles juives, la récupération d'or et de bijoux, et le détournement d'objets d'art entrent aussi dans leurs attributions, de même que la chasse aux résistants. Les sbires de « Monsieur Henri » menacent, torturent et assassinent sans états d'âme. L'un d'entre eux, Abel Danos, surnommé « Le Mammouth » en raison de sa taille et de sa force plutôt hors normes, s'est acquis une sinistre réputation dans ce triple exercice. Il viendra lui aussi rejoindre le gang des tractions avant aux côtés de Loutrel et de ces deux autres anciens gestapistes de la Carlingue que sont Georges Boucheseiche, dit « Le Gros Jo », et Henri Fefeu, alias « Riton le Tatoué ». Avec son physique de déménageur au regard borné, le premier est un proxénète débrouillard, capable de conjuguer le verbe « magouiller » à tous les temps. L'autre, Fefeu, joue depuis toujours les seconds rôles, passe partout inaperçu et l'assume. Il sait se taire aussi en toutes circonstances, ce qui est un talent plutôt rare.

Jo Attia, le compagnon de route de Loutrel aux Bat' d'Af', est près de succomber lui aussi aux sirènes de la collaboration. Pierrot lui fait rencontrer « Monsieur Henri » mais les choses tournent mal. Les deux hommes ont une violente altercation sur des « questions de principe ». Attia est à deux doigts d'être abattu par Lafont. Il s'en tire, mais ce n'est que provisoire. Lafont obtient de ses amis nazis qu'ils l'arrêtent, le torturent et le déportent comme ennemi de leur cause. Jo Attia passera deux ans dans le camp de concentration de Mauthausen, où son comportement admirable lui vaudra la reconnaissance de beaucoup de détenus.

« Jo le Boxeur » survit mais, tout rescapé de l'enfer qu'il est, renoue à son retour de déportation avec le grand banditisme et monte sans tarder au braquage. Il est du groupe qui commet les premiers hold-up parisiens du gang des tractions avec Loutrel, Fefeu et le « Gros Jo ». Le cinquième membre de l'équipe s'appelle Raymond Naudy, alias « Le Toulousain ». Lui n'a rien d'un collabo. C'est un résistant pur jus, un apprenti horloger de la Ville rose qui a choisi de quitter son emploi pour rejoindre le maquis. Plutôt bel homme avec sa fine moustache à la Clark Gable, cet ancien FFI a du sang-froid à revendre. Son chemin a croisé celui de Loutrel quand ce dernier est venu se réfugier à Toulouse en juillet 1944, afin d'échapper au sort funeste que l'épuration parisienne n'allait pas manquer de réserver aux nervis de la Carlingue.

Pierre Loutrel a une autre raison, plus personnelle encore, de s'éloigner de la capitale. Il s'y est fait de sérieux ennemis, et pas n'importe lesquels. Cela remonte à l'été 1944, alors que les troupes alliées s'accrochent en Normandie. Lui va se signaler par un comportement qui confirme à tous, dans le milieu comme ailleurs, qu'il n'a pas usurpé son surnom de « Pierrot le Fou ». Et sa victime est un policier.

Dans la soirée du 26 juin, très alcoolisé, il débarque en compagnie de quatre autres gestapistes dans le bar Le Chaplain, rue Jules-Chaplain, près de Montparnasse. Il sait que l'établissement sert plus ou moins de boîte à lettres pour la Résistance et que les gens comme lui n'y sont pas les bienvenus. Pourquoi ne pas leur donner une bonne leçon ? Ses hommes et lui sortent leurs armes, obligent toute la clientèle à s'étendre au sol, malmènent les femmes, brisent verres, bouteilles, tables et chaises. Deux gardiens de la paix surviennent, sont eux aussi maîtrisés et maintenus agenouillés au sol sous la menace d'un P38. Loutrel jubile et sa satisfaction est à son comble quand un inspecteur de la PJ pénètre bientôt dans le café pour leur demander de se calmer et de s'en aller sans faire d'histoires.

Ce policier de 32 ans s'appelle Henri Ricordeau. Il est inspecteur de police au quai des Orfèvres, au service des cabarets de la brigade mondaine. Son job dans les boîtes de nuit, dans les bars que fréquentent les collabos, les truands, les trafiquants ainsi que les officiers allemands et la Gestapo lui permet de collecter de précieux renseignements qu'il transmet à Londres via le patron du Chaplain.

L'inspecteur a bien compris qu'il avait affaire à des suppôts de la Gestapo se croyant tout permis. Mais habituellement et en public, ces voyous ne vont jamais au-delà d'une certaine limite, notamment à l'égard des représentants de l'ordre. Ce soir-là pourtant, Loutrel franchit allègrement la ligne rouge. Ricordeau est ceinturé, fouillé, désarmé et frappé à plusieurs reprises. Après quoi, il est jeté sur la banquette arrière d'une voiture qui prend la direction du bois de Clamart où les truands comptent bien l'achever et laisser son cadavre. C'est le « petit méchant puant l'alcool » qui excite les autres. Les coups pleuvent encore sur l'inspecteur qui se tortille et fait rire ses tourmenteurs, lesquels décident d'en finir rapidement. Ils tirent maladroitement au pistolet sur Ricordeau qui se débat à coups de pied, de coude et de poing, et qui parvient à s'éjecter de la voiture en marche. Son corps s'écrase au milieu de la chaussée et ne bouge plus. Les voyous ne font pas marche arrière pour l'achever. Pierrot le Fou le premier pense qu'il a son compte.

L'inspecteur va pourtant s'en sortir, malgré les cinq balles de calibre 7.65 qu'il a reçues, dont l'une lui a traversé la gorge en frôlant la carotide. C'est une prostituée qui le retrouve et appelle les secours. Ricordeau est conduit en grand secret à la Maison de santé des gardiens de la paix, près du Jardin des Plantes, où plusieurs semaines vont être nécessaires à son rétablissement. Avant cela, un communiqué de la préfecture de police aura annoncé son décès afin d'éviter que les gestapistes finissent le travail. Il est officiellement « mort en service, abattu par une bande de malfaiteurs qu'il venait de démasquer ». Ricordeau s'en sort mais garde en mémoire le visage de ses bourreaux et de leur meneur.

***

On comprend mieux pourquoi, dans les jours qui suivent ce tragique épisode, Loutrel met de la distance entre lui et la police parisienne. Un accident est si vite arrivé. Le voilà donc traînant dans les bars louches de Toulouse où on finit par l'approcher pour lui proposer de travailler pour... la Résistance. Des missions périlleuses, des traîtres à liquider, rien de vraiment noble. Mais Loutrel aurait tort de faire la fine bouche.

Recruté par le réseau Morhange, il devient le lieutenant FFI d'Héricourt et, pour passer à l'action, s'associe à Fefeu, un autre ex de la Carlingue venu le rejoindre, et à l'authentique résistant Raymond Naudy, dont il a fait récemment la connaissance. Cette « petite entreprise » se spécialise dans la recherche et la capture des collabos de la région toulousaine, sans toutefois négliger l'extorsion de fonds et le braquage de ces proies mal placées pour se plaindre.

En octobre 1944, ils commettent toutefois l'erreur de voler plus d'un million à un industriel irréprochable. On les arrête. Direction la prison toulousaine Saint-Michel, d'où ils ressortent très vite. Des hommes de main dans leur genre ne courent pas les rues. Cette fois, c'est la police secrète gaulliste, la DGER – Direction générale des études et recherches –, qui les recrute, toujours pour des basses œuvres à exécuter, sous la forme de missions clandestines à l'étranger, en particulier dans l'Espagne franquiste voisine.

Au début de l'année 1946, les choses changent et commencent à entrer dans une normalité qui a tout pour déplaire à Loutrel ; il ne se sent pas prêt à devenir chef de rayon à la Samaritaine. Lui et ses amis veulent continuer, l'arme au poing, à dicter le jeu et à « se faire beaucoup de blé ». Il leur reste pour cela les braquages. Ils vont passer maîtres dans cette pratique. De mauvaises langues diront ironiquement qu'ils ont appris à l'école allemande le sens de l'organisation, de la logistique et de la technique qu'ils déploient au cours des hold-up.

Curieusement, alors que le gang semble avoir trouvé sa vitesse de croisière après les deux attaques particulièrement réussies des 7 et 10 février, une scission intervient. Loutrel a décidé de quitter la région parisienne et d'aller goûter au soleil de la Côte d'Azur avec sa compagne Marinette. Craint-il de voir les succès du gang trop attirer l'attention et le zèle d'une police qui ne lui fera aucun cadeau ? Du haut de ses 30 ans, veut-il vite profiter de l'argent si facilement gagné avant qu'il ne soit trop tard ?

Toujours est-il qu'on retrouve Pierrot le Fou se prélassant dans des villas de location du bord de mer. Pour un temps seulement. Il n'est pas venu seul dans le Sud-Ouest. Raymond Naudy, « Le Toulousain », est là en compagnie de sa jolie maîtresse Pierrette. Un autre ancien résistant du réseau Morhange s'est joint à eux. Il se nomme Marcel Ruart, alias « Le Gitan ». Les flingues et les sulfateuses n'ont aucun mystère pour lui. Tout ce beau monde passe bientôt à l'action.

***

Le 14 mars, ils braquent deux employés de l'Électricité et s'emparent de 1,2 million de francs, rue Notre-Dame, à Nice. Trois semaines plus tard, le 5 avril, c'est à Marseille que le gang opère. Boulevard Longchamp, les trois malfrats menacent un encaisseur des Établissements Boirie, M. Falecci, qu'ils viennent de coincer contre un mur. Le pauvre homme tente vainement de résister et s'attire les foudres d'un Loutrel aviné qui l'abat sans hésiter pour s'emparer d'un butin de 700 000 francs.

Le meurtre remue l'opinion publique. La presse en fait ses gros titres et commence à broder sur ce gang qui commet chacun de ses méfaits à bord d'une Citroën 11 CV, une traction avant. La plupart des braqueurs de l'époque apprécient cette voiture qui doit son surnom au fait d'avoir les roues motrices à l'avant. C'est une berline très moderne, avec sa ligne originale imaginée par le sculpteur d'origine italienne Flaminio Bertoni, un designer au talent énorme puisqu'il va aussi concevoir la ligne de la DS et celle de la 2 CV. L'auto est rapide, dépasse en pointe les 90 kilomètres/heure. Pratique aussi. Trois vitesses avec changement facile au tableau de bord, et non au plancher, grâce à une manette à la forme singulière surnommée « la cuiller à moutarde ». Et pour ne rien gâter, elle est d'une grande fiabilité et a une tenue de route impeccable, distançant sans problème tous les véhicules dont disposent les forces de police et de gendarmerie. D'où la formule railleuse « La traction devant, la police derrière ! » que les journalistes vont bientôt colporter.

La Citroën 11 CV est également une voiture répandue dans toute la France. Pas du genre à attirer immédiatement l'attention au cours des repérages. Le constructeur en a fabriqué plus de deux cent cinquante mille avant 1939. Et, enfin, cerise sur le gâteau pour les malfrats, c'est une voiture qui se vole facilement. Une bonne clé à tube et un peu d'habileté : le tour est joué.

Loutrel aime conduire, c'est même un as du volant. La traction avant a sa préférence. Ne s'est-il pas habitué à son maniement sous l'Occupation quand, derrière la couleur noire de sa caisse, elle était si fréquemment porteuse de mort ?

C'est à nouveau au volant d'une traction avant que le gang frappe à Aix-en-Provence le 25 mai au matin. En un tournemain, il dévalise l'agence du Comptoir national d'escompte, place du 4-Septembre, et repart avec des sacoches contenant trois millions de francs. Même chose une semaine plus tard avec l'attaque de deux convoyeurs du Crédit Lyonnais de Gap et plus de deux millions de butin à l'arrivée.

Il recommence le 8 juin à Cagnes-sur-Mer. Mais cette fois les choses tournent mal. Loutrel et les siens se retrouvent aux prises avec un coffre qu'ils ne parviennent pas à ouvrir et qu'ils décident d'emporter. L'opération traîne et laisse le temps aux forces de l'ordre d'installer un barrage que la bande force en tuant sur son passage l'un des agents. Peu importe que le butin ne soit finalement que de 700 000 francs.

Les attaques se succèdent et la brigade mobile de Police judiciaire de Marseille, compétente sur toute cette partie de la côte méditerranéenne et jusqu'en Corse, paraît complètement dépassée. Il faut dire que c'est la Police judiciaire en général qui a du mal à retrouver ses marques après la période de l'Occupation qui a bouleversé ses repères. En novembre 1942, elle a même disparu en tant que direction à part entière au service exclusif des magistrats pour être absorbée par un bloc répressif intitulé « direction de la police de sûreté » et confiée à un collaborateur zélé, le commissaire Jean-Félix Buffet. Arrêté le 26 août 1944 à Vichy, fusillé le 31 octobre suivant pour avoir « favorisé les entreprises de l'ennemi, stimulé la répression contre les patriotes et contrarié l'effort de guerre de la France et de ses alliés », Buffet a laissé derrière lui une PJ en lambeaux.

Qui plus est, l'un des plus brillants policiers de la génération montante, le commissaire Charles Chenevier, fait défaut. Chef depuis 1936 du groupe A des affaires criminelles à la Sûreté nationale et, à ce titre, tombeur avant-guerre de plusieurs grosses pointures du braquage comme Charles Desgranchamps, alias « Paturons » – parce qu'il avait de grands pieds –, ou du redoutable « fauve » marseillais Auguste Méla, Chenevier a été arrêté en novembre 1943 pour ses activités de résistant et déporté au camp de concentration de Neuengamme, près de Hambourg. Il en est revenu en juin 1945 très affaibli, « invalide à quatre-vingt pour cent pour les sévices et privations subies », avant d'apprendre qu'il était suspect de collaboration, et qu'on lui reprochait d'avoir entretenu des relations avec Boemelburg, l'un des chefs de la Gestapo. Il ne sera totalement blanchi de ces déplorables accusations qu'en mars 1947.

En attendant, à l'été 1946, la compétence et l'énergie de Chenevier manquent terriblement à ses collègues confrontés à la montée en puissance d'une bande qui multiplie les attaques avec toujours autant de réussite et des méthodes qui constitueront la signature des professionnels du gangstérisme dans la seconde moitié du xxe siècle : renseignements très fiables sur l'objectif ; complices sûrs et taiseux, parce qu'ils sont loyaux et qu'ils craignent ce qui leur arriverait en cas de trahison ; logistique parfaite en armes et voitures ; et groupe rodé et sans état d'âme.

***

LES SPÉCIALISTES DE L'HISTOIRE CRIMINELLE s'étonnent encore aujourd'hui de l'incroyable précision et de la fiabilité des informations que recueille la bande, à plusieurs reprises et sur de courtes périodes, avant de passer à l'action. Certes, l'équipe de Loutrel a ses réseaux et ses moyens de pression, certes la corruption n'est pas une denrée rare en ce temps-là. Il n'en reste pas moins que le résultat est stupéfiant.

Ainsi ce coup de maître que le gang inscrit à son actif le 1er juillet 1946. Ce jour-là, à 5 heures du matin, la fourgonnette d'une entreprise de maçonnerie se gare devant l'hôtel des Postes de Nice, avenue Thiers, suivie de près par deux autres voitures. Deux ouvriers sortent de la camionnette, habillés comme des peintres en bâtiment et encombrés de pots, de pinceaux et de besaces en toile. L'instant d'après, ils se présentent devant l'entrée latérale de la Poste et murmurent au gardien le bon mot de passe : « Domicile ». Les voilà entrés. Grimés, affublés d'une perruque et de lunettes, Loutrel et Naudy sont dans la place.

Aussitôt, la visite tourne à l'habituel braquage. Sous la menace de mitraillettes, les malfaiteurs accèdent à la salle des coffres et font main basse sur plusieurs sacs postaux bourrés de billets usagés. Un quart d'heure plus tard, l'argent est à bord d'une 15 CV qui emporte tout le monde à l'abri. Le butin est cette fois colossal : trente-trois millions de francs. De quoi jouer les princes. Ils n'en auront pas le temps.

Dans les semaines qui suivent, la police actionne tous ses indics, et met la pression sur le milieu. Les langues se délient. L'étau se resserre tandis que Pierrot le Fou, Naudy et Ruart se la coulent douce dans un hôtel de Cassis, le Maxim's. C'est là que les hommes de la PJ débarquent en force le 14 juillet. La rencontre vire en un instant à la fusillade. Le gang parvient à s'enfuir en emportant le « Gitan », salement touché, qu'ils vont déposer chez un médecin marseillais ayant l'habitude de soigner les voyous et de fermer les yeux.

Par la suite, les deux malfrats s'installent dans une planque sans risque près du Vieux-Port, mais Loutrel déteste rester enfermé. Il sort pour acheter des cigarettes, des Gauloises bleues, et se fait ramasser par une patrouille. Il est ramené à l'Évêché, au cœur de l'hôtel de police, par des agents qui ignorent tout de leur « client ». On l'assied sur un banc tout près d'un râtelier de pistolets-mitrailleurs. Il n'a qu'à se servir. Et il le fait. Il s'enfuit du commissariat central en un clin d'œil, brandissant sa sulfateuse, et disparaît. Un train l'emportera vers Paris quelques jours plus tard, une fois les contrôles de police quelque peu relâchés.

À nouveau, par ses déplacements, Loutrel redistribue les cartes. Il n'y a pas à l'époque de véritable coordination entre la PJ de la rue des Saussaies, qui couvre la province, et celle de la préfecture de police parisienne. Les deux « maisons » sont plutôt concurrentes, en « guéguerre », et rechignent au partage des informations et à l'organisation d'opérations communes – au plus grand bénéfice des malfrats.

Dès son retour dans la capitale, le « dingue » retrouve son ami « Le Boxeur », Jo Attia, ainsi que « Le Gros » Boucheseiche ; des « historiques » de la bande auxquels s'est maintenant joint « Le Mammouth », Abel Danos.

Et les affaires reprennent. Le gang frappe de manière répétée et avec un insolent succès. Vite et fort. Sa technique est rodée. Le 16 juillet 1946, une attaque éclair contre un fourgon de la Société Générale, rue de Rivoli, lui permet d'empocher plus de trois millions de francs. Onze jours plus tard, Loutrel et les siens vident le coffre d'une société d'approvisionnement de la SNCF et ramassent neuf millions. Et le 24 août suivant, encore huit millions récupérés dans un fourgon postal rue de Maubeuge.

Le gang est à son zénith. Mais les enquêteurs de la Police judiciaire n'ont pas dit leur dernier mot.

Dans sa préface au roman *Sanctuaire* de William Faulkner, un André Malraux un tantinet féroce écrit en 1933 :

« [...] la police ne relève ni de la psychologie ni de la perspicacité, mais bien de la délation ; [...] Ce n'est pas Moustachu ni Tapinois, modestes penseurs du quai des Orfèvres, qui font prendre le meurtrier en fuite, mais la police des garnis ; car il suffit de lire les mémoires des chefs de police pour voir que l'illumination psychologique n'est pas le fort de ces personnes, et qu'une “bonne police” est une police qui a su mieux qu'une autre organiser ses indicateurs. »

Et à la vérité, quelle que soit l'époque, un bon indic fait gagner du temps et des efforts.

***

En septembre 1946, les *G-Men* – la mode américaine bat son plein – de la brigade des agressions obtiennent un tuyau signalant qu'une bande de truands de haut vol a pris ses habitudes dans un hôtel-restaurant des bords de Marne, le Chalet des marronniers, situé quai du Petit-Parc à Saint-Maur-des-Fossés. Avec sa treille charmante coiffant la cour intérieure et ses tables rondes et blanches disposées à proximité de la rive, l'endroit aurait pu servir de modèle à Auguste Renoir. Il est discret et tranquille, trop tranquille même, si isolé, et en retrait des autres habitations qu'il est impossible à surveiller de près sans se faire aussitôt détecter.

L'inspecteur Nouzeilles se débrouille cependant pour louer un pavillon dans le voisinage avec vue sur le restaurant. La planque s'installe. Jour après jour, soir après soir, des malfrats entrant et sortant de l'établissement sont photographiés et identifiés. Du sacrément beau linge, des voyous au palmarès édifiant venus là pour festoyer entre eux. Le plan : attendre que cette souricière fasse le plein et procéder en une fois à un vaste coup de filet. L'informateur bien placé dont dispose la brigade annonce que tout le gang va bientôt se rassembler pour un « gigantesque gueuleton ». Ce sera le 25 septembre. Tout est préparé pour une rafle d'envergure qui ne laissera ce jour-là aux malfrats aucune porte de sortie. Mais chacun sait que les plus beaux plans sont aussi les plus fragiles. À ladite date, au dernier moment, les policiers découvrent que la fête n'aura pas lieu au Chalet des marronniers, mais de l'autre côté de la Marne, quai Gallieni, à Champigny, dans un autre restaurant, L'Auberge.

Il faut maintenant agir vite et il est trop tard pour repérer convenablement les lieux. Le 25 septembre, à la nuit tombée, les commissaires et inspecteurs de la PJ soutenus par un dispositif impressionnant – une voiture radio, deux camionnettes équipées pour les gaz et trois cars de police – interviennent en force quai Gallieni. Dès qu'ils s'approchent de L'Auberge, où sont effectivement rassemblés les suspects, une fusillade éclate. De part et d'autre, on se met illico à l'abri, on riposte et on se prépare à un long siège.

Côté police, les choses sont faites en grand. On installe de puissants projecteurs qui viennent éclairer brutalement la façade du restaurant et ses paisibles jardinières accrochées devant les fenêtres du premier étage. Des motocyclettes, des véhicules blindés, des effectifs supplémentaires dotés de cuirasses – on ne parle pas encore de gilets pare-balles –, de lance-grenades et de fusils mitrailleurs prennent place dans un dispositif que le préfet Charles Luizet dirige en personne.

Côté voyous, la surprise est totale et chacun a le sentiment d'être pris au piège. Ils sont une dizaine dont Jo Attia et Henri Fefeu à vouloir vendre chèrement leur peau, à se barricader et à faire feu depuis les fenêtres de L'Auberge. Le « Boxeur » tente même une sortie. Sans résultat, sinon des balles au bras et à la hanche. La situation paraît sans espoir. Quelqu'un – on ne saura jamais qui – a toutefois l'idée de téléphoner à Pierrot le Fou, qui traîne seul sa soûlographie non loin de là, dans un bar de Charentonneau. Fait-il la tête à ses complices ? A-t-il l'alcool parano au point de ne plus supporter les autres et leurs remarques ? Peu importe. Dès que les amis l'appellent à l'aide, il rapplique dare-dare.

Peu après, dans la nuit d'été, une splendide berline Delahaye remonte le quai Gallieni à une vitesse hallucinante, force un à un les barrages de police jusqu'à atteindre l'entrée du restaurant encerclé. Loutrel est au volant, ivre. Dans un brusque dérapage contrôlé, il positionne la voiture pour permettre à ses amis Attia et Fefeu de s'y propulser alors qu'une pluie de projectiles déchire la caisse pendant d'interminables secondes.

L'instant d'après, la voiture repart à fond de train en emportant les trois hommes, zigzague pour éviter autant que possible le déluge de plomb qui s'abat sur elle et parvient à disparaître dans la lointaine banlieue.

***

« Assaut contre le repaire du gang des tractions avant ».

La presse nationale du lendemain ne tarit pas d'éloges sur l'action de la PJ du 36, quai des Orfèvres. À sa lecture, on pourrait croire que la bande au complet est sous les verrous. Loin s'en faut. L'opération a certes permis de capturer une poignée de sous-fifres armés et, pour certains, recherchés. Mais parmi eux, aucun membre du gang des tractions avant.

L'invraisemblable rodéo exécuté en bord de Marne par Loutrel a privé la Criminelle d'un succès presque garanti et a désormais rendu célèbre Pierrot le Fou. L'homme inquiète et fascine. Et la question que chacun se pose désormais est : quand va-t-il à nouveau frapper ?

Cela aurait pu être au mois d'octobre, lors de la convalescence d'Attia, quand Loutrel et Naudy envisageaient de s'en prendre à la recette d'un groupe de marchands de vin de Bercy. Finalement, le projet est repoussé sine die. Une chance pour les truands car la PJ de la rue des Saussaies est sur le coup, et elle surveille de près les transports de fonds en question. Une fois encore, la *baraka* a choisi son camp : celui de Loutrel. Mais elle va finir par se lasser.

Depuis le spectaculaire épisode de Champigny, Pierrot le Fou est devenu l'homme le plus recherché de France. Le politique le veut, l'administration le veut, la justice le veut, la population le veut et le milieu est prêt à le lâcher. Et pourtant, les mois puis les années vont passer et Loutrel va rester complètement absent des écrans radar de toutes les polices. L'ennemi public est introuvable.

Aucun des hold-up répertoriés et analysés ne révèle indiscutablement sa présence, aucun informateur digne de ce nom ne dispose d'un renseignement fiable sur l'endroit où il se cache. Évidemment, des rumeurs commencent à circuler. On le dit parti s'installer sous le soleil d'Amérique du Sud, les poches pleines de billets grâce à ses braquages, ou faisant tourner des salles de jeux en Asie du Sud-Est. On murmure qu'il a été gravement blessé à Champigny, que son visage est devenu méconnaissable, façon « gueule cassée », et qu'il s'en est allé le cacher au fond de l'Afrique équatoriale, peut-être quelque part en Guinée d'où il aurait envoyé une carte postale. Via l'organisation internationale de police criminelle Interpol, désormais installée à Saint-Cloud, près de Paris, des recherches et des vérifications sont conduites ici et là. En vain. Le mystère reste complet.

***

Il faut attendre le printemps 1949 pour qu'une jeune femme de 26 ans, prostituée dans le quartier de la Madeleine, livre enfin aux policiers de la PJ la clé de l'énigme. Depuis l'application au 1er janvier 1947 de la loi Marthe-Richard entraînant la fermeture des maisons de tolérance, la préfecture de police rafle chaque nuit dans les rues et les bars de la capitale des centaines de filles conduites jusqu'à l'étage de la brigade mondaine au 36, quai des Orfèvres pour y être soumises à un interrogatoire – un « entretien sanitaire et social », précise une note administrative. Toutes, qu'elles exercent leur activité dans les secteurs chics de la place de l'Étoile ou de l'Opéra comme dans les coins populaires des Halles ou de la place Clichy, sont d'abord enfermées dans une grande cellule grillagée du deuxième étage du 36, la « cage », avant de venir l'une après l'autre répondre aux questions d'un inspecteur et d'une assistante sociale sur leur état de santé et leurs conditions de vie. Un journaliste raconte :

« L'assistante sociale leur faisait, sans grande conviction, un peu de morale. Les filles, tels des faisans bagués, étaient soit relâchées dans la matinée si leur carnet sanitaire était à jour, soit, dans le cas contraire, expédiées à Saint-Lazare. Au matin, le couloir de la Mondaine offrait un spectacle de désolation. Des mégots, des peaux de saucisson, des croûtes de fromage, des écorces d'orange maculaient le plancher sur lequel s'étaient affalées les filles exténuées. Une odeur de mauvaise poudre de riz et de sueur enveloppait le tout. »

Il est rare dans ces circonstances d'obtenir des prostituées quelque confidence que ce soit, et encore moins des révélations sur leurs proxénètes ou sur la pègre qu'elles fréquentent. C'est pourtant ce qu'il va se produire une nuit de mars 1949 quand l'une d'entre elles, proche à une époque du « Gros Jo » Boucheseiche, relate avec force détails la pitoyable fin de Pierrot le Fou, mort et enterré en secret depuis un bail.

Le début de l'histoire remonte à une fin d'après-midi du 6 novembre 1946, un mercredi noir pour Loutrel. Depuis trop longtemps déjà, lui et sa bande se tournent les pouces, échaudés qu'ils ont été par le piège de Champigny. Il faut se bouger, même sur un coup modeste. Loutrel boit de plus en plus, tient parfois à peine debout, devient insupportable. Ce 6 novembre, il a décidé de dévaliser une bijouterie-horlogerie de la rue Boissière, dans le XVIe arrondissement, pas très loin d'ailleurs de cette rue Lauriston fréquentée au temps de la Carlingue.

C'est avec les deux Jo, Attia et Boucheseiche, que le Dingue monte au braquage, mais c'est seul qu'il pénètre dans le magasin pendant que ses complices l'attendent devant, dans une traction prête à filer. Loutrel tangue en s'approchant du comptoir, sort son Colt et le pointe sur le bijoutier, M. Sarrafian, qu'il menace d'une voix d'ivrogne. Le commerçant tente alors de lui arracher son revolver et, dans l'algarade, reçoit une balle dans le ventre, s'effondre contre l'une des vitrines sous le regard désespéré de son épouse qui a assisté à toute la scène. Sans paniquer pour autant, Loutrel ramasse le maximum de bijoux accessibles autour de lui, s'en remplit les poches et file rejoindre la 11 CV dont le moteur tourne impatiemment. Il saute à l'intérieur et crie à Boucheseiche de déguerpir rapidement.

La traction fonce aussitôt vers la place d'Iéna et les quais de Seine. Sur la banquette arrière, Pierrot le Fou veut maintenant ranger son arme, la glisser à la ceinture. Il a du mal, insiste. Ses gestes sont laborieux, imprécis. Soudain, une énorme détonation retentit dans l'habitacle. Le coup est parti tout seul, propulsant une balle dans le ventre du malfrat le plus craint du pays. La blessure est profonde, vilaine, et saigne abondamment. Changement immédiat d'itinéraire. Les trois hommes gagnent le sud de Paris, la rue Achille-Luchaire, où ils savent qu'ils pourront trouver un médecin de confiance, celui-là même qui a soigné Attia fin septembre. Mais le docteur se dit incapable de sauver leur ami, qui doit impérativement et rapidement être opéré. Aussi l'équipe tente-t-elle le tout pour le tout, conduit Loutrel jusqu'à une clinique de l'avenue Daumesnil, la clinique Diderot, dans le XIIe arrondissement, et l'enregistre dans l'urgence sous un faux nom. Le blessé passe aussitôt sur le billard, un chirurgien lui incise la paroi abdominale et lui pose un drain en caoutchouc.

Deux jours plus tard, si l'hémorragie paraît vaincue, l'état du patient de la chambre 19 reste encore alarmant. Et, pour ne rien arranger, le personnel hospitalier se montre de plus en plus curieux, les internes de plus en plus soupçonneux quant à l'origine de la blessure alors que la moindre lésion par arme à feu exige une déclaration à la police. Aussi le gang vient-il très vite, en pleine nuit, exfiltrer Loutrel de l'hôpital. Ses acolytes le bourrent de médicaments contre la douleur avant de le caler au fond d'une berline qui prend la route vers Porcheville, à une cinquantaine de kilomètres de Paris, où des amis sûrs sont prêts à l'accueillir dans une maison retirée. Ce sera le dernier voyage de Pierrot le Fou. Les secousses du trajet abîment irrémédiablement les soins pratiqués. À son arrivée, le blessé agonise. Il s'éteint vers 4 heures du matin.

Il s'agit maintenant de se défaire du corps qui est roulé dans une couverture puis porté jusqu'à une barque. Quelques coups de rames et quelques coups de pelles plus tard, le cadavre est glissé au fond d'un trou creusé parmi les ronces et les orties dans une petite île, l'île de Gillier, au milieu de la Seine. Ni fleurs ni couronnes, juste un chapelet glissé dans la fosse au dernier moment.

⁂

PLUS DE DEUX ANNÉES ONT PASSÉ quand la police planche sur les détails de ce récit. Les premières vérifications les confirment, au point qu'une information est ouverte à la demande du parquet de Paris pour recel de cadavre. Fin avril 1949, l'emplacement de la tombe improvisée de Loutrel est précisément localisé. Pour en avoir le cœur net, le 6 mai, une grande opération de police est orchestrée sur l'île de Gillier par le juge Daniault et une escouade d'inspecteurs et de spécialistes, médecins légistes et autres experts criminalistiques venus de Paris et de Mantes-la-Jolie.

En fin de matinée, des ossements sortent de terre, en même temps que des restes de vêtements, une cravate à rayures laide mais presque intacte, et les vestiges d'un drain chirurgical de couleur rouge et d'un chapelet. Tout est posé sur une large toile cirée, mesuré et photographié. Le crâne découvert va être essentiel pour l'identification formelle du cadavre. En procédant par superposition de l'image de cette boîte crânienne et d'une photographie anthropométrique de Pierre Loutrel conservée dans leurs fichiers, les techniciens de l'Identité judiciaire du quai de l'Horloge sont absolument catégoriques et le journal *France-Soir* en fait sa une : « Pierrot le Fou est bien mort ».

Dans le groupe pris en photo sur l'île de Gillier, un policier reste en retrait, il a horreur de la publicité. C'est l'inspecteur principal Ricordeau, celui qui a échappé de peu à la folie de Loutrel et qui se tient là maintenant, devant la dépouille d'un ennemi désormais hors d'atteinte. Est-ce à son intention qu'en donnant un faux nom pour se faire enregistrer à la clinique Diderot, peu avant sa mort, Pierrot le Fou a choisi celui de « Chaplain », du nom du bar de leur funeste rencontre ? Son dernier pied de nez à la police, à moins d'y voir un bras d'honneur aux fantômes de son passé ?

La disparition officielle de Loutrel intervient alors que le gang des tractions avant a pris un sérieux coup de vieux dans la rubrique des faits divers. D'autres bandes, d'autres personnages, d'implacables teigneux comme « l'Insaisissable » Émile Buisson, ou de sémillants hors-la-loi comme René Girier, dit « René la Canne », accaparent le devant de la scène, perpètrent des attaques en s'inspirant de la recette, puissance et vitesse dans l'exécution, étrennée par Le Dingue et les siens.

Sur le terrain, le gang s'est délité. Loutrel était en quelque sorte le ciment, le dénominateur commun d'une bande n'obéissant pas à une architecture de type mafieux. Cet assemblage d'électrons libres, qui n'est pas sans rappeler les équipes criminelles de banlieue à la fin du xxe siècle, explose sous les offensives répétées de la PJ. La dynamique et la surprise ont changé de camp. Dès l'automne 1946, Henri Fefeu tombe dans les filets de la police en commettant l'erreur de confier sa traction volée en réparation à un garage de Meaux suffisamment louche pour être placé sur écoute. Il a suffi aux inspecteurs d'attendre patiemment que « Riton » vienne récupérer la Citroën pour le cueillir sans grabuge. Jo Attia, pourtant fait d'un autre bois, connaît un sort identique quelques mois plus tard, en juillet 1947, quand il est donné par un indic de la brigade de police mobile de Marseille et capturé par surprise sans même pouvoir faire mine de résister. Même chose pour Ruart « le Gitan » et pour Georges Boucheseiche, l'un et l'autre arrêtés dans le midi de la France à quelques mois d'intervalle, l'un et l'autre condamnés par la suite à de lourdes peines.

Les autres grandes figures du gang, Raymond Naudy « Le Toulousain » et Abel Danos « Le Mammouth », ont compris qu'il fallait prendre de la distance. On les retrouve en 1947 dans le nord de l'Italie, acoquinés à des braqueurs qui sévissent surtout à Milan et dans ses environs. Les attaques de magasins, de banques et de fourgons, les deux Français connaissent. Et ils ne sont pas du genre à lésiner sur les moyens. En octobre 1948, l'un de leurs hold-up contre un marchand de tabac tourne au carnage : le patron de l'entreprise et son employé sont abattus. De quoi chauffer à blanc la police transalpine qui identifie rapidement plusieurs des membres de l'équipe. Le temps est à la fuite.

Les deux bandits tentent de rentrer au pays en franchissant clandestinement la frontière à hauteur de Vintimille. Naudy est accompagné d'une amie, Danos de sa femme et de leurs deux enfants. Leur entreprise vire au désastre. Repérés par les gardes-frontières, ils n'hésitent pas à tirer, déclenchent une formidable fusillade. Naudy est abattu et entraîne avec lui dans la mort un agent frontalier. Le « Mammouth », quant à lui, parvient à s'échapper sans une égratignure, mais commence alors pour lui, le plus âgé parmi les anciens du gang des tractions avec ses 44 ans au compteur, le début d'une minable descente aux enfers. Quelques semaines plus tard, on le découvre en train de cambrioler une modeste chambre de bonne. Dénoncé par les cris du voisinage, il est poursuivi, rattrapé et ceinturé sur la plate-forme d'un autobus par un jeune sapeur-pompier qui ne sait pas encore qu'il vient de neutraliser sans dommage l'un des plus féroces tueurs de la décennie. Rattrapé par son effroyable passé de tortionnaire et de collabo, Abel Danos est condamné à mort et s'il évite la guillotine, c'est pour être fusillé par un peloton d'exécution au fort de Montrouge, en mars 1952.

Des décennies passent ensuite durant lesquelles d'autres voyous accaparent la une de *France-Soir* et de *Détective*, tandis que la Police judiciaire tire les leçons des « années pègre », s'invente des groupes de répression du banditisme dans les services régionaux de province et, sous l'impulsion du remarquable commissaire François Le Mouël, donne naissance à Paris à une brigade de recherche et d'intervention, la BRI, la brigade anti-gang du quai des Orfèvres.

Le souvenir des exactions du gang s'est estompé quand, en 1965, l'un des célèbres cinéastes de la *Nouvelle Vague*, Jean-Luc Godard, réalise un long métrage intitulé *Pierrot le Fou*, avec Jean-Paul Belmondo dans le rôle-titre. Il faut dire que le film, un *road movie* décapant, n'a rien à voir avec Loutrel ni avec l'histoire de la bande des tractions. En revanche, quelques mois plus tard, en cette même année 1965, une grave affaire criminelle ramène toute cette sanglante épopée sur le devant de la scène.

Le 29 octobre 1965, l'opposant marocain Mehdi Ben Barka est enlevé non loin de la brasserie Lipp, sur le boulevard Saint-Germain, en plein Paris, en pleine journée, par deux hommes déguisés en officiers de police du quai des Orfèvres qui le font monter dans leur voiture de service. Les ravisseurs le conduisent jusqu'à une villa de grande banlieue, à Fontenay-le-Vicomte, d'où vraisemblablement il n'est plus ressorti vivant. La villa en question appartient au « Gros Jo » Boucheseiche, l'ancien de la Carlingue, l'ancien du gang des tractions. L'homme s'est signalé par de nombreux investissements dans des bars, des hôtels de passe dans la capitale et en Afrique du Nord. Il n'a jamais décroché du milieu, ni de la barbouzerie, ce qui le conduira en bonne place parmi les troubles personnages impliqués dans l'affaire Ben Barka.

En octobre 1973, un décret interministériel crée au sein de la direction centrale de la Police judiciaire l'OCRB, l'office central pour la répression du banditisme, une unité à compétence nationale chargée de centraliser et de coordonner sur l'ensemble du territoire la lutte contre les bandes spécialisées dans le vol à main armée et les enlèvements avec demande de rançon.

« Enfin ! » titre la *Tribune du commissaire* qui note que, « décidément, face à un banditisme qui profite de toutes les failles du système, le temps des pouvoirs publics n'est pas celui des criminels [...] ».

L'année précédente, en 1972, la page du gang des tractions avant se tournait définitivement avec le décès, dans son lit – une exception –, de Jo Attia, chevalier de la Légion d'honneur, « roi du non-lieu » et témoin d'une autre époque. Il n'a pas laissé de mémoires. FIN

UN AMOUR ÉTERNEL

LE PHARMACIEN EMPOISONNEUR

Par Nicolas Cels

La jeune femme contemple sa main gauche avec ravissement, un sourire éclatant illumine son visage. Le tatouage est là, bien dessiné autour de son annulaire, comme une bague indélébile. Au départ, Natacha C. n'était pas très chaude, mais son nouveau compagnon a su se montrer persuasif. Une bague, ça peut se retirer, lui a-t-il expliqué, alors qu'un tatouage, c'est pour l'éternité. Comme leur amour. Elle ne le sait pas encore, mais ses jours auprès de son nouvel amoureux sont comptés...

En ce début 2010, Natacha C., mince, brune, 42 ans, a l'impression de vivre un conte de fées. Il y a quelques mois encore, elle élevait seule son petit garçon de 10 ans. Graphiste de son métier, archi-sportive, entourée de nombreux amis, elle n'était pas malheureuse pour autant, mais voilà que, d'un coup, l'amour a fait irruption dans son existence.

C'est chez des amis qu'elle a connu Marc Van Overschelde, un homme de son âge, séduisant. Depuis, ils ne se quittent plus. Malgré le travail que lui donnent les trois pharmacies qu'il possède, Marc a adopté le mode de vie de Natacha : il court désormais avec elle au moins quatre fois par semaine. Il se prépare même à disputer un marathon à ses côtés ! Et, sans relâche, il la presse de venir vivre avec lui, ce qui est à la fois flatteur et touchant. Surtout quand on sait le drame qu'il a traversé.

Marc a longtemps vécu avec une autre ravissante femme, Eva, la mère de ses quatre enfants. D'elle aussi, il avait obtenu qu'elle se fasse tatouer un anneau sur l'annulaire gauche, comme un gage d'amour éternel. Mais Eva souffrait de graves problèmes psychologiques. Dépressive, anorexique, elle avait été internée à plusieurs reprises. Et elle a fini par se suicider, à l'été 2009, en avalant une dose massive de Pentobarbital, un puissant barbiturique.

***

Après cette tragédie, on a vu le pharmacien errer comme une âme en peine. Puis la chance ou le destin a voulu qu'il rencontre Natacha, et que celle-ci finisse par accepter de partager sa vie. En novembre 2010, ils emménagent dans une villa entourée de verdure, à Laethem-Saint-Martin, au sud-est de Gand. Un quartier calme et agréable, entre senteur des plantes et chant des oiseaux. La maison déborde de vie : les quatre enfants de Marc y vivent à plein temps, et Tom, le fils de Natacha, est là une semaine sur deux, quand il n'est pas chez son père. Natacha se couche chaque soir en savourant sa chance. Elle est heureuse.

Pourtant, tout n'est pas rose dans leur situation. L'achat de ses trois pharmacies a laissé Marc criblé de dettes. Ses mensualités sont énormes, asphyxiantes : il doit sortir plus de 12 000 euros chaque mois ! Or les trois établissements vivotent et ne rapportent pas assez d'argent. Marc n'a pas de quoi payer le loyer de la villa, ni les frais quotidiens. La vie de cette famille de sept personnes repose donc entièrement sur les revenus de Natacha.

Pour se tirer d'embarras, l'idéal serait de vendre les pharmacies, au moins l'une des trois, mais Marc refuse d'en entendre parler. Assez vite, le sujet devient source de conflit. Dès que Natacha veut en discuter, l'homme entre dans des colères noires. L'image de l'amant parfait se fissure, laissant entrevoir un autre visage, nettement moins romantique.

En fait, ce qui pourrit la vie du couple, ce n'est pas seulement l'argent, c'est le caractère de Marc. Coléreux, instable, et par-dessus tout possessif. Au début, Natacha trouvait charmant qu'il l'accompagne partout, notamment lorsqu'elle courait. Maintenant, elle sait que s'il la suit, c'est avant tout pour la surveiller. Sitôt qu'elle est hors de sa vue, il est persuadé qu'elle le trompe. Et dès qu'un homme vient lui parler, il devient comme fou. Quand d'aventure un coureur se porte à sa hauteur et lui adresse un salut aimable, pendant un entraînement, elle lui souffle aussitôt :

– Ne reste pas à côté de moi, sinon mon mec va faire des problèmes...

La jeune femme, autrefois si sociable, n'ose plus voir sa famille, ni ses amis, de peur de s'attirer les foudres du despote. Bientôt, il n'y a plus qu'un seul copain, Stefan, installé en Inde, à qui elle ose encore confier ses peines, à distance. Mais comment imaginerait-elle que Marc, ce malade, a installé à son insu un logiciel mouchard sur son téléphone et son ordinateur ! À tout moment, il sait où elle se trouve. Et dès qu'elle reçoit un appel, un mail ou un message, il le réceptionne aussi ! Bientôt, l'ami Stefan commence à recevoir des menaces anonymes. Grâce aux services d'un détective privé, le pharmacien est parvenu à localiser son adresse. Il a même pris des billets d'avion pour aller le trouver chez lui et lui régler son compte ! Par chance, le tordu ne pourra pas décoller, faute de visa, mais l'anecdote en dit long sur la folie du personnage.

Natacha finit par perdre patience. Elle a dilapidé toutes ses économies pour éponger les dettes de Marc, sans y parvenir. La situation devient intenable, elle voit venir le moment où elle ne pourra même plus élever décemment son petit garçon. Or son fils est sa priorité numéro un. Elle décide de sortir de l'impasse.

***

Au printemps 2013, quand elle annonce à Marc son intention de reprendre sa vie de célibataire, il ne veut pas y croire. Elle est son jouet, sa chose, comment pourrait-elle vouloir le quitter ? Mais Natacha n'est pas du genre à sombrer dans la dépression, comme Eva avant elle. Elle ne tarde pas à dénicher un charmant petit appartement où il est prévu qu'elle s'installe avec son fils, le 1er mai. Dès lors, elle et Tom n'ont plus que cette date en tête, comme deux prisonniers qui comptent les heures avant leur libération.

Le 22 avril, Natacha court son dernier marathon avec Marc qui, bien entendu, ne la lâche pas d'une semelle tout au long des 42 kilomètres. Le vendredi 26, elle conduit Tom chez son père. Au moment de quitter sa mère, l'enfant se serre tendrement contre elle. Il ne sait pas, le pauvre gosse, que c'est la dernière fois qu'il se blottit dans ses bras. Il ne la reverra jamais.

Durant le week-end qui suit, il se passe des choses étranges. Natacha disparaît brusquement, elle serait partie quelques jours à Paris en voiture, histoire de se changer les idées... C'est du moins ce qu'elle écrit dans des messages envoyés à Marc, ainsi qu'à plusieurs amis.

Le lundi soir, à son retour, le petit Tom ne trouve pas sa maman à la maison. Il doit retourner chez son père en attendant qu'elle rentre. Contre toutes ses habitudes, Natacha ne l'a pas prévenu de son départ, et elle reste injoignable ! Plus inquiétant encore, elle n'est toujours pas là le 1er mai pour son déménagement ! Dans son entourage, on commence franchement à s'alarmer. Et le 3 mai, c'est Marc lui-même qui se décide enfin à se rendre au commissariat pour signaler la « disparition » de sa compagne. D'emblée, l'affaire paraît assez grave pour qu'on ouvre une enquête.

***

On constate vite que de l'argent a été retiré à un distributeur, à Paris, avec la carte de crédit de la disparue... Mais ce n'est pas Natacha qui a pris les billets. C'est un homme, un inconnu, qui cachait soigneusement son visage pour ne pas être filmé par la caméra de surveillance ! Des nouvelles de fort mauvais augure. Pour les proches de la jeune femme, l'angoisse est à son comble.

Le jeudi 9 mai, alors que Natacha n'a plus été vue depuis près de deux semaines, un promeneur affolé alerte la police de Lovendegem : il vient de voir un cadavre flottant sur les eaux du canal Gand-Bruges ! Étroitement emballé dans du film plastique, lesté de tuiles, ce corps n'était pas censé remonter à la surface. C'est celui d'une femme dans la quarantaine, toute menue mais musclée et sportive. Elle porte un tatouage, comme une bague, à l'annulaire gauche. Le doute n'est plus permis, on a retrouvé Natacha.

Dans les heures qui suivent la sinistre découverte, une perquisition est effectuée au domicile de Marc Van Overschelde. On y trouve le reste d'un rouleau de film plastique semblable à celui qui enveloppait la morte. Plusieurs films, enregistrés par des caméras de vidéosurveillance, révèlent en outre que le pharmacien est passé en voiture à proximité du canal, le dimanche 29 avril. Confronté à ces charges terribles qui s'accumulent contre lui, le pharmacien finit par passer aux aveux. Partiellement. Il reconnaît avoir tué Natacha, mais, explique-t-il, c'était un accident. Ce jour-là, ils se sont disputés. Violemment. Et la situation a dégénéré.

– Elle m'a giflé, dit-il, et tout est devenu noir devant mes yeux. Quand j'ai repris conscience de la réalité, j'avais mes mains sur sa gorge, et elle était morte.

Cette version des faits ne va pas tarder à voler en éclats devant les résultats de l'autopsie. Car si le légiste confirme que la victime a bien été étranglée, il précise qu'auparavant, elle avait absorbé une dose mortelle de Cyclobarbital, un anesthésique aussi redoutable que celui qui a tué Eva, la première compagne du pharmacien.

En fait, Marc avait prémédité depuis longtemps l'assassinat de sa femme. Précisément depuis qu'il avait compris qu'elle allait le quitter pour de bon, et qu'il ne parviendrait pas à l'en dissuader.

***

LE DIMANCHE 28 AVRIL, alors que Natacha est en train de boucler ses derniers cartons, Marc s'approche et lui tend un verre de vin. Elle le boit, sans se douter qu'elle est en train d'absorber un poison. Et quand les mains de Marc se referment sur sa gorge, elle n'est déjà plus en état de se défendre. Après quoi, Van Overschelde fait disparaître le corps de la façon qu'on sait, en allant l'immerger dans le canal. Les messages envoyés de Paris, le mystérieux retrait d'argent ? C'est l'œuvre d'un ami à qui Marc avait fait croire qu'il montait une escroquerie à l'assurance ! Persuadé qu'il l'aiderait ainsi à résoudre ses problèmes financiers, l'homme s'est rendu à Paris avec la voiture et la carte de crédit de Natacha, sans savoir qu'il se rendait complice d'un assassinat !

Peut-être cette tentative de brouiller les pistes aurait-elle pu égarer la police, si le corps de la victime n'était pas remonté du fond des eaux. En ramenant du même coup un autre cadavre à la surface. Car peu après le dénouement de l'affaire, les enquêteurs ont reçu la visite de Peter, un collègue pharmacien qui avait été longtemps l'employé de Marc Van Overschelde, et qui avait bien connu Eva, sa précédente compagne.

– Je n'ai jamais cru à cette histoire de suicide, a déclaré Peter. Pour se procurer le barbiturique qui l'a tuée, Eva n'avait qu'une solution : nous demander, à Marc ou à moi, la clé de l'armoire où était stocké ce produit. Ce qu'elle n'a pas fait. Par conséquent, c'est Marc, et personne d'autre, qui est allé chercher le Pentobarbital sur les étagères.

Pourquoi ne l'avait-il pas accusé jusque-là ?

– Parce qu'on ne m'aurait pas cru, a-t-il répondu. Ça aurait semblé trop invraisemblable. Mais après ce qu'il a fait à sa seconde femme...

En 2015, Marc Van Overschelde a comparu non pas pour un, mais pour deux assassinats. Mais s'il reconnaît avoir tué Natacha, le « pharmacien empoisonneur », comme le surnomme désormais la presse, a nié jusqu'au bout le meurtre d'Eva. Cela ne l'a pas empêché d'être condamné à la réclusion criminelle à perpétuité.

Ndlr : les prénoms des victimes ont été modifiés afin que les enfants ne puissent pas se reconnaître. FIN

ÉQUIPÉE SANGLANTE

ARNAQUE À MIAMI

Par Camille Chambertin

Depuis le balcon du Sun Gym, le club de fitness qu'il gère depuis deux ans à Miami, Daniel Lugo contemple ses clients. En bas, dans l'odeur de sueur brassée par les ventilateurs, une douzaine de quinquagénaires s'échinent à tonifier leurs silhouettes. Ils actionnent les appareils de musculation comme si leur salut en dépendait.
En observant sa clientèle, le nouveau gérant constate que deux groupes distincts se démarquent : d'un côté, des hommes d'affaires riches qui souhaitent s'entretenir ; de l'autre, des acharnés de la gonflette, dont pas mal de vigiles ou d'anciens flics reconvertis dans l'intimidation ou le recouvrement de créances. Il a alors l'idée « géniale » d'utiliser les seconds… contre les premiers. Pour lancer une belle arnaque et s'approprier, par la ruse et la force, la fortune colossale d'un de ses clients…

Le Sun Gym de Miami, fondé en janvier 1987 par John Mese, une vedette du bodybuilding des années 1960, commençait à péricliter quand Daniel Lugo, un New-Yorkais de 30 ans, s'est présenté au propriétaire. Nous sommes en 1992. Bâti comme un gladiateur – un mètre quatre-vingt-quinze pour 100 kilos de muscles – Lugo propose à Mese de transformer son club ringard en empire commercial. En deux ans, pari réussi. Le Sun Gym a retrouvé son dynamisme.

Quand il passe au milieu d'eux, Daniel Lugo – un bellâtre dont une ombre de barbe entoure la bouche tombante – les traite en amis. Il les encourage, leur tape sur l'épaule, leur fait tâter ses propres biceps. Il lui arrive même de leur fourguer sous le manteau, à prix d'or, des stéroïdes qui accélèrent la prise de muscles.

Pour monter son coup, il choisit comme bras droit Jorge Delgado, un Cubain de 31 ans, ancien vendeur de voitures. Son second lieutenant sera Noel Doorbal, athlète de 22 ans aux longs cheveux noirs et frisés, avec lequel il a déjà gagné une fortune en fraudant la Sécurité sociale. Leurs petits soldats se nomment Carl Weekes, un ex-drogué impulsif et vantard, et son cousin Stevenson Pierre, le gringalet de la bande.

***

Au tournant des années 1990, Delgado a eu l'occasion de faire des affaires avec un certain Mark Schiller, un investisseur prospère. Il a gagné sa confiance et sait tout de lui : son adresse, le nom de ses avocats, le montant de ses comptes off-shore… et même le code de son coffre-fort ! Lugo décide d'en faire leur première proie. À la mi-octobre 1994, il convoque ses hommes dans son bureau. Il prétend que Schiller a arnaqué Delgado de 300 000 dollars et qu'il faut lui « donner une leçon ». Quand il voit que les trois autres sont prêts à lui obéir, il précise son plan :

– On ne va pas juste le forcer à rembourser, on va tout lui prendre ! Sa bagnole, ses cartes de crédit, sa maison… et le million de dollars qu'il a planqué aux îles Caïmans.

Mais cela ne peut fonctionner qu'à une condition : après avoir enlevé Schiller et l'avoir dépouillé, il faudra le tuer. Ce qui ne semble gêner personne.

La bande fonce aussitôt au Spy Shop de Biscayne Boulevard, un magasin spécialisé dans le matériel pour détectives privés, et s'équipe de talkies-walkies sécurisés, de menottes, de pistolets électriques. Lugo loue un fourgon Ford Astrovan couleur bordeaux pour faire des rondes autour de la villa de Schiller.

Un matin de novembre, Doorbal, Pierre et Weekes, vêtus de combinaisons, gants noirs et cagoules, rampent sous la pluie sur la pelouse de Schiller, pour le ceinturer au moment où il sortira ramasser son journal. Un voisin les repère, ce qui les incite à décamper. Il ne leur faudra pas moins de cinq tentatives avant d'atteindre leur but !

Ils savent que Schiller a rendez-vous, le 14 novembre, devant une épicerie qu'il souhaite vendre. L'après-midi est orageux et le ciel est plombé. Il est 16 heures lorsque l'homme se gare sur le parking du magasin. Aussitôt, trois montagnes de muscles se ruent sur lui et lui enfoncent leurs pistolets électriques dans les côtes. Sous l'effet des milliers de volts, Schiller s'effondre, secoué de spasmes. Quand il reprend son souffle, c'est pour gémir :

– Tenez, prenez mon fric, mes clés de voiture !

Il croit à une agression crapuleuse. Mais les trois hommes le jettent dans leur Ford, lui pointent le canon d'une arme sur la tempe et lui ordonnent de fermer les yeux :

– C'est toi qu'on veut, connard !

En quelques secondes, ils lui menottent les poignets et les chevilles, et lui entourent le visage de scotch, si serré que son nez se met à saigner. Au passage, ils lui fauchent sa Rolex. Le fourgon démarre. De temps en temps, pour se distraire, un des ravisseurs lui envoie une décharge électrique dans la plante des pieds. Sous le choc, Schiller perd à demi conscience. Quand il se réveille, il est enchaîné à un mur, dans un hangar… Pour l'homme d'affaires, l'enfer commence. Les forcenés brisent sa résistance avec sadisme. L'un d'eux lui brûle le torse et les bras avec son propre briquet torche. Un autre fait semblant de jouer à la roulette russe contre sa tempe, jusqu'à ce qu'il hurle de terreur. Un troisième lui allonge des coups de crosse en plein visage. Quand il se met à pisser le sang, on lui attache une serviette hygiénique sur le front pour l'humilier. Les sévices durent, des heures et des heures.

Entre eux, ils utilisent des noms de code : Napoléon, Batman ou L'Hirondelle.

Schiller croit reconnaître l'accent new-yorkais de Lugo. Mais pourquoi le gérant du Sun Gym l'aurait-il fait enlever ? L'homme d'affaires, marié à une Colombienne, a souvent entendu parler d'enlèvements. Alors quand on lui colle un téléphone portable contre l'oreille, il pense qu'on va lui demander de réclamer une rançon à sa famille. Erreur…

– Tu vas dire à ta femme de rentrer dans son pays avec vos deux enfants, ordonne une voix. Si elle l'ouvre, tu es mort !

Il n'est visiblement pas question de rançon. Schiller s'exécute sans comprendre, puis ses ravisseurs libèrent sa main droite et lui fourrent un stylo entre les doigts :

– Maintenant, tu vas signer ces papiers ! commande la voix.

Les yeux toujours bandés, Schiller paraphe à l'aveugle des pages et des pages de documents. Apposant son nom au hasard, en long, en large, en travers. S'il pouvait lire, il devinerait qu'il est en train de signer son arrêt de mort. Un des documents ordonne à son banquier de vider ses comptes. Un autre transfère son assurance-vie de deux millions de dollars au nom de l'ex-femme de Lugo. D'autres sont des contrats de vente, des procurations, des cessions forcées de ses sociétés. Au fil des heures, Schiller remarque qu'on ne lui demande pas ses numéros de compte, ni la combinaison de son coffre. Delgado, qui détient déjà ces informations, est probablement dans le coup. Mais à quoi bon identifier les coupables ? Leur surveillance constante ne lui laisse aucun espoir de fuite. Ses tortionnaires se relayent pour porter les documents à la banque ou chez le notaire, les faire enregistrer, réclamer d'autres signatures. Il leur faut deux semaines – deux semaines de tortures ininterrompues – pour dépouiller Schiller de tout ce qu'il a.

***

Le plan diabolique de Lugo consiste à laisser croire que Mark Schiller a voulu refaire sa vie avec sa maîtresse, et qu'il a éloigné sa femme avant de finalement « péter les plombs » en liquidant tous ses biens. Le 10 décembre, il ne leur reste plus qu'à mettre sa mort en scène afin de toucher le pactole de l'assurance-vie. Pour donner l'impression que l'homme d'affaires a disjoncté, la bande décide de le saouler de force. La première fois qu'ils lui font avaler un mélange de vodka, de tequila et de liqueur au chocolat, Schiller vomit. Les escrocs reviennent à la charge, lui enfonçant le goulot de la bouteille entre les dents.

Après quatre jours de ce traitement, Schiller n'est plus qu'une épave. Lugo ajoute des somnifères à ses cocktails.

Le 15 décembre, à 2 h 30 du matin, Schiller est traîné jusqu'à son 4x4, que les hommes de Lugo ont ramené à l'entrepôt. Ils veulent finalement simuler un accident fatal. L'un d'eux dirige la voiture contre un mur et bloque la pédale de l'accélérateur. Le choc est violent – mais pas suffisant pour tuer Schiller. Lugo arrose alors l'épave d'essence, jette une bouteille de gaz dans l'habitacle pour faire bonne mesure et craque une allumette. Tous s'éloignent ensuite, en retenant leur souffle. Encore raté. À cent mètres de distance, ils le voient, groggy, s'extraire des flammes en titubant.

– Écrasez-le ! hurle alors Lugo.

Weekes prend le volant de la Toyota et se met à poursuivre Schiller qui zigzague entre les hangars. Il le heurte de plein fouet, éjectant son corps au-dessus du pare-brise.

– Marche arrière ! commande Lugo.

La voiture repasse sur le corps de l'homme d'affaires avant de filer. Mission bâclée, mais accomplie. Lugo montre fièrement le pare-chocs enfoncé à Delgado :

– Personne ne peut survivre à ça !

***

Pour les tueurs, le moment est venu de profiter du butin. Weekes reçoit 100 000 dollars en liquide. Deldago s'offre une Mercedes de 80 000 dollars. Pierre, le plus timide, empoche 30 000 billets. Lugo se taille la part du lion, en s'installant carrément dans la villa de sa victime. Il raconte aux voisins que Schiller a trempé dans des affaires louches, qu'il a fui la justice américaine et que sa maison a été saisie. Ensuite, il se comporte en parfait propriétaire : il fait entretenir le jardin, planter des bougainvillées, changer les plaques de la BMW et réparer la piscine. Il renforce même la sécurité du domaine, en installant pour 7 000 dollars de caméras de surveillance.

Pour mettre le point final à leur arnaque, il ne leur reste qu'à toucher la fameuse assurance-vie. Tous les jours, les tueurs dépouillent les journaux de Miami, à la recherche d'un article sur le décès de Schiller. C'est ainsi qu'ils apprennent que leur victime... est toujours vivante !

C'est à peine croyable, et pourtant : Mark Schiller n'a pas succombé à ses blessures. Le 15 décembre, les policiers l'ont retrouvé quasi mort non loin de sa voiture en feu. Ils ont conclu à un accident et l'ont conduit au Jackson Memorial Hospital, avec la vessie éclatée, la rate défoncée et le bassin en miettes. Comme il a été admis sans papiers, les journaux ont mis plusieurs jours à imprimer son nom.

Entretemps, une longue opération a permis de stabiliser son état. Le premier geste de Lugo est de foncer à l'hôpital pour l'achever. À sa première visite, il se perd dans les couloirs de l'établissement. Le lendemain, il achète un uniforme d'infirmier dans un magasin de surplus pour pouvoir rôder incognito aux urgences. Heureusement, Schiller a eu le bon réflexe : dès son réveil, il a demandé à sa sœur de le faire transférer par avion privé à New York. Un vol à 6 000 dollars qui lui a sauvé la vie. Quand Lugo interroge le personnel du Jackson Memorial Hospital, on lui répond que le patient est parti sans laisser d'adresse.

Sur le moment, la bande du Sun Gym panique. Convaincue que la police va débarquer d'un moment à l'autre, elle déserte la villa de Schiller. Dans un grand camion de location, elle entasse tout ce qu'elle peut piller : les tapis, les œuvres d'art, les canapés en cuir, la vaisselle, l'électroménager, les consoles vidéo des enfants, le jacuzzi de la terrasse, les albums photo de la famille, et même… le sapin de Noël en plastique ! Schiller envoie sur place un ami qui revient, atterré :

– Ils ont arraché les interrupteurs des murs !

Mais au fil des jours, les gros bras reprennent confiance. Et ils n'ont pas tort. Que peut faire Schiller contre eux ? L'homme est diminué, ne pèse plus que cinquante kilos et marche avec un déambulateur. Terrorisé, craignant pour sa vie, il se planque à 6 000 kilomètres, à l'autre bout du pays. Privé de ses archives, il n'a plus les moyens de contester les contrats qui l'ont ruiné. En le brisant physiquement et moralement, la bande du Sun Gym a gagné des mois de répit.

C'est seulement le 18 avril 1995, après une pénible convalescence, que Mark Schiller trouve le courage de rentrer à Miami pour porter plainte. Il descend dans un hôtel proche de l'aéroport, sous un nom d'emprunt, et demande un rendez-vous au sergent Porterfield, de la division des enquêtes stratégiques, chargée du crime organisé. L'accueil qu'il reçoit augmente encore son désespoir. Après l'avoir écouté en hochant la tête, le policier l'adresse au bureau des vols. Le service qui traite les petits cambriolages, les sacs à main arrachés…

– Je vous dis que j'ai été séquestré par des escrocs ! Qu'ils m'ont tabassé pendant quinze jours ! Qu'ils ont vidé mes comptes ! Qu'ils ont essayé de me tuer !

Mais plus il répète son histoire et plus il comprend qu'elle est trop folle. Que la police ne peut pas croire à ce complot délirant monté par des moniteurs de gym. Tout joue contre lui. Le fait qu'il ait attendu quatre mois pour porter plainte. Que sa fortune ait filé dans des paradis fiscaux où toute vérification est impossible. Pire encore… Depuis l'accident du 15 décembre, la police l'a enregistré comme chauffard alcoolique. Au bureau des vols, l'inspectrice Iris Deegan le fixe droit dans les yeux :

– Vous savez qu'un faux témoignage constitue un délit ?

– Vous m'accusez d'avoir tout inventé ? répond Schiller, désarçonné.

– Effectivement, répond l'inspectrice Deegan.

Quand il quitte le commissariat de Miami, il a la tête qui tourne et plus aucun espoir de justice. On lui a volé sa vie, et la police le prend pour un mythomane. Dans les vestiaires du Sun Gym, les hommes de Lugo sont déjà en train de préparer leur prochain coup.

***

Fin avril, Daniel Lugo est chez sa maîtresse, à feuilleter un album de photos, quand il est attiré par un cliché. Celui d'un jeune homme posant près d'une Lamborghini jaune à 250 000 dollars.

– Qui c'est ? demande-t-il, fasciné par la voiture.

– Il s'appelle Griga, répond la fille. C'est le type le plus friqué que je connaisse…

Frank Griga, émigré hongrois de 35 ans, a fait rapidement fortune dans le téléphone rose. Il s'est offert plusieurs bolides, une villa dans une résidence huppée de Golden Beach, un appartement de vacances aux Bahamas et un yacht baptisé *Préliminaires*. C'est le client idéal ! Lugo décide aussitôt de l'enlever, mais il travaille désormais en équipe réduite : les ratés de l'affaire Schiller ont effrayé ses anciens complices. Ne restent dans sa bande que Jorge Delgado et Noel Doorbal. Le 20 mai 1995, ils passent à l'action. Lugo et Doorbal se rendent chez Griga avec une mallette pleine d'armes, des menottes, des cordes et des tranquillisants pour chevaux. Mais en chemin, Doorbal s'écrie :

– On a oublié le scotch !

Il se gare devant un magasin de bricolage… fermé. Sans scotch, pas d'enlèvement. Un nouveau plan se dessine alors : ils vont se faire passer pour des investisseurs en télécommunications intéressés par le business de Griga.

Le 24 mai, Doorbal et Lugo se présentent chez l'homme d'affaires, vers 20 heures. Griga, toujours confiant, vient à leur rencontre en jeans et santiags, suivi de sa compagne, Krisztina, vêtue d'une minijupe et d'une veste en cuir rouge. Doorbal leur propose de prendre un verre dans son appartement, sur Main Street. L'endroit est luxueusement meublé des canapés de cuir noir et des appareils électroniques dernier cri pillés chez Mark Schiller.

Lugo et Krisztina s'installent au salon, devant un écran de télé géant. Doorbal entraîne Griga dans la pièce voisine, pour discuter affaires. Lugo monte le son, mais malgré la puissance des haut-parleurs, on entend des bruits de dispute, puis un cri. Krisztina se précipite à côté. Doorbal a défoncé la tempe du Hongrois avec un objet lourd. Son sang a éclaboussé le bureau, les murs, l'écran de l'ordinateur. À présent, il l'étrangle d'une clé de bras au cou. Krisztina veut hurler, mais Lugo la muselle et lui entoure les chevilles, les poignets et le visage de ruban adhésif avant de lui enfiler une cagoule. Il injecte ensuite au couple une solide dose de tranquillisant. Mission accomplie ? Pas tout à fait.

Sur le tapis, Frank Griga est proche de la fin. Doorbal a eu la main trop lourde. Il n'a pas réussi à tuer Schiller après l'avoir dépouillé. Cette fois, il aura assassiné Griga avant de lui avoir volé le moindre centime. À moins que Krisztina ne leur donne accès au coffre de son petit ami ? Lugo décide de se laisser la nuit pour réfléchir. Il abandonne Doorbal avec la jeune Hongroise ficelée et Griga agonisant dans la baignoire.

Quand il revient le lendemain matin, il fait un froid polaire dans l'appartement. L'homme est mort pendant la nuit. Doorbal a enfilé une doudoune bordée de fourrure et poussé la clim à fond pour conserver le cadavre. À peine arrivé, Lugo arrache le bâillon de Krisztina, qui se met à hurler. Elle est hystérique, incapable de se contrôler. Doorbal lui injecte une nouvelle dose de tranquillisant dans la cheville. Les cris de la jeune femme s'éteignent peu à peu. Sa bouche devient sèche, sa voix pâteuse. Lugo exige le code d'accès de la villa. Krisztina finit par bredouiller des chiffres. Satisfait, Doorbal lui fait une troisième injection, dans la cuisse. Fatale, cette fois.

Il faut maintenant faire disparaître les corps. Lugo pense connaître l'homme idéal : John Raimondo, un policier ripou au physique de catcheur. Il fréquente le Sun Gym et s'est souvent vanté de tremper dans des affaires louches. Lugo l'appelle et lui met le marché en main :

– J'ai deux corps à faire disparaître.

– Je veux 50 000 dollars, répond Raimondo.

Après une brève discussion, Lugo fait une contre-proposition : 9 000 dollars, la Lamborghini et la Rolex de Schiller. Raimondo accepte. Quand il arrive à l'appartement, il ramasse Krisztina par les chevilles et la soulève. La malheureuse n'est pas encore morte, elle gémit. Raimondo lui écrase le pied sur la tête.

– Ta gueule !

Puis il se tourne vers Lugo :

– Il faudra la buter vous-mêmes, bande d'amateurs !

Et il les abandonne à leurs soucis. Pour se consoler, Lugo décide de piller la maison de Griga. Nouvelle désillusion : le code donné par Krisztina ne fonctionne pas. Heureusement qu'elle n'est pas encore morte, se dit Lugo en appelant Doorbal :

– Fais-la parler, et cette fois, qu'elle nous file les bons chiffres !

– Pas de chance, répond Doorbal, maintenant, elle est froide.

Lugo raccroche avec un juron. Deux morts pour rien…

***

JUSQUE-LÀ, IL N'A PU RÉCUPÉRER que la fameuse Lamborghini jaune. Doorbal passe une nuit pénible avec les deux macchabées, dans son appartement improvisé en morgue.

Le 26 mai, la bande du Sun Gym s'équipe pour le travail qui l'attend : deux pleins chariots contenant des sacs à gravats, du goudron, de l'acide, des bonbonnes de gaz, des bidons, des gants de jardin, une tronçonneuse à essence. Six cent soixante-six dollars de matériel en tout. Un chiffre prémonitoire pour ce qu'ils s'apprêtent à faire. Pour sortir les corps de l'appartement, ils les « emballent » : Griga entre les coussins d'un canapé, sa petite amie dans un carton rempli de billes de polystyrène. Ils les transportent ensuite dans un hangar du quartier de Hialeah. Sur place, ils les déposent au sol sur une couche de sacs et les déshabillent, découpant la minijupe de Krisztina au sécateur. Lugo asperge les cadavres d'un produit pour les vitres et les frictionne pour effacer toutes les empreintes. Le moment de s'occuper des corps est venu.

Lugo fait démarrer la tronçonneuse, qui s'arrête net : ils ont oublié d'y mettre de l'huile. Delgado sort en acheter, mais l'engin ne fonctionne toujours pas. Ils ont « cramé » le moteur. Lugo le rapporte au magasin pour se faire rembourser et l'échanger contre un modèle électrique. Au hangar, Doorbal et lui hissent les cadavres sur une grille posée sur deux bidons, qui doivent recueillir le sang. Doorbal s'équipe de gants, de bottes et de lunettes de protection. Lugo et Delgado sortent pour éviter les projections. Pendant quelques minutes, ils entendent le bruit atroce la lame taillant dans les corps. Soudain, un juron. La chaîne est bloquée, elle s'est prise dans les cheveux de Krisztina. Elle est fichue. Lugo refuse de retourner au magasin :

– Finissons le travail à la hachette, déclare-t-il.

Pendant dix minutes, il s'échine à démembrer les corps, plongeant les fragments dans un mélange de goudron et d'acide chlorhydrique. Les têtes finissent dans deux bassines, les mains coupées dans une troisième. Les tueurs ont entendu dire que les dents et les empreintes digitales permettaient d'identifier les victimes. L'un d'eux empoigne une pince et essaye d'arracher les dents de Griga. Mais pas moyen d'avoir une prise commode. La tête sanglante glisse entre ses mains comme un fruit mûr. L'homme finit par reprendre la hachette et par fendre le crâne du millionnaire pour avoir un meilleur accès à sa mâchoire... Même traitement pour Krisztina. Ensuite, les truands leur écorchent les doigts un à un, avec un couteau de chasse.

Delgado monte dans sa voiture en laissant Lugo terminer. Épuisé, ce dernier oublie toute prudence. Il traîne un baril en tôle à l'extérieur, place les têtes et les mains sur une grille, arrose le tout d'essence, et y met le feu... en plein air ! De temps en temps, il envoie un coup de gaz avec une bonbonne pour accélérer son « barbecue ».

Entretemps, les proches de Griga ont signalé sa disparition. Par coïncidence, l'un d'eux a reconnu l'énorme Lamborghini jaune du Hongrois dans la circulation. Suivis, Lugo et ses hommes ont dû abandonner leur seul butin dans le marais des Everglades, avant de s'enfuir.

La nuit suivante, ils se débarrassent des fûts contenant les restes humains dans un fossé qui sert de décharge sauvage. Ils effacent aussi les traces de sang de l'appartement de Doorbal, en racontant au concierge de l'immeuble qu'un chat sauvage a uriné sur la moquette et qu'ils ont été obligés de la jeter. Tous ces efforts pour rien du tout… Lugo et ses brutes sont trop voyants, trop peu discrets.

La police finit par faire le rapprochement avec la plainte déposée deux mois plus tôt par Schiller. Le 2 juin, elle fait revenir Mark Schiller de Colombie, pour l'entendre à nouveau. Cette fois, elle prend ses accusations au sérieux. Elle note les noms et les descriptions de ses ravisseurs. Le lendemain, Delgado et Doorbal sont interpellés dans leurs lits. Lugo a eu le temps de s'enfuir aux Bahamas avec sa maîtresse, en abandonnant la BMW de Mme Schiller dans son garage. En cinq jours seulement, la justice américaine obtient son arrestation et son retour en Floride. Lugo tente un dernier coup de poker. Il négocie une réduction de peine contre l'emplacement des corps. Il croit que sans doigts ni tête, les victimes ne seront pas identifiables, et lui, pas condamnable. Hélas pour lui, Krisztina portait des implants mammaires. Leur numéro de série permet de rendre un nom au cadavre, et d'inculper formellement Lugo pour meurtre.

Toute la bande tombe pour vol, meurtre, extorsion ou complicité. Delgado passe aux aveux complets, réduisant sa peine à quinze ans. Le 24 février 1998 commence le procès du reste du gang, le plus long procès criminel de l'histoire du comté. Dix semaines d'audience, 98 témoins, 1 200 preuves, pour un verdict éclair : la mort, après 14 minutes de débats pour Doorbal, et 18 minutes pour Lugo. Avant que le juge ne confirme la sentence, une dernière audience a lieu le 8 juillet. Ce jour-là, Mark Schiller, encore frêle, épuisé, témoigne longuement de la manière dont la bande a ruiné sa santé et sa vie. Le juge salue sa dignité, tandis qu'il quitte la barre.

The end ? Pas tout à fait. Par un retournement imprévu, la police a menotté Schiller sur les marches du palais. Accusé de fraude, il écopera d'un an de prison. Il la mettra à profit pour écrire un livre racontant son calvaire. Cette histoire incroyable a été portée à l'écran dans le film, *No pain no gain*, sorti en France en septembre 2013. Aujourd'hui, Mark Schiller vit dans un studio en Floride. Il n'a jamais récupéré un centime de son ancienne fortune. FIN

AMANTS MEURTRIERS

LA MAÎTRESSE ET LE MÉDECIN DE CAMPAGNE

Par Dominique Rizet

C'est fini. Seul dans sa maison de Sougy dans le Loiret, Jean-Paul Zawadzki vient de mourir. Il avait 38 ans. Emporté en un mois par un mal mystérieux, le major Zawadzki était rentré fin décembre 1997 d'une mission à Libreville, au Gabon, avec ses collègues de la base aérienne 123 de Bricy, près d'Orléans. Chef mécanicien sur les avions Transall, il est le seul membre de l'équipe à être tombé malade peu après son retour. Une baraque de plus d'un mètre quatre-vingt-dix, un grand gaillard magnifique, solide et sportif, balayé comme une poussière. La médecine n'a rien pu faire. Que lui est-il arrivé ? Aurait-il contracté une maladie tropicale ? Rien n'est moins sûr…

Peu après son retour du Gabon, le chef mécano s'est d'abord senti fatigué. Il a demandé une permission avant d'être finalement placé en congé maladie. Cet après-midi du 11 mars 1998, c'est sa femme, Nicole, qui l'a retrouvé sans vie alors qu'elle rentrait après avoir fait des courses. Elle n'a alerté ni le SAMU ni les pompiers. Elle savait son mari au plus mal. Elle a préféré prévenir leur médecin de famille arrivé aussitôt sur place pour constater la mort et délivrer l'acte de décès à 15 h 15. Ses camarades sont anéantis. L'heure est au chagrin.

Immense. Le lundi 16 mars 1998, c'est l'armée qui rend hommage à l'un des siens. La cérémonie militaire organisée sur le tarmac de la base est à la mesure du choc provoqué par la mort du major. La Musique de l'Air, ce prestigieux orchestre national, s'est même déplacée. Une cinquantaine de musiciens défilent au pas cadencé. La tristesse se lit sous les visières alignées. Pour tous ceux qui sont ici, le défunt était l'ami idéal. Pas parce que l'usage veut que l'on dise toujours du bien de ceux qui s'en vont, mais parce que Jean-Paul était un chef des mécanos que ses hommes respectaient et adoraient. Un exemple pour tous. Son épouse de 41 ans et leur petite fille de 10 ans, Ophélie[1] sont au premier rang, portées dans leur douleur par l'émotion et la solidarité de tous ces frères d'armes dans leurs uniformes flamboyants. Le grand cercueil couvert du drapeau tricolore est glissé à bord d'un Transall où ses amis pilotes l'emmènent jusqu'à sa dernière demeure. C'est là, à Châteauneuf-sur-Cher, qu'aura lieu la cérémonie religieuse puis l'inhumation dans le cimetière local.

Les jours passent. À Sougy, la veuve du major est soutenue par les amis fidèles de son défunt mari. L'aumônier de la base, le père Daniel Lefrançois, est là lui aussi. Le soir du

1 Le prénom a été changé.

11 mars 1998, jour de la mort de Jean-Paul, il était d'ailleurs l'un des premiers sur place. Quand il est arrivé dans la maison que le couple avait fait construire dans la zone pavillonnaire du village, le major était dans son lit, en caleçon, la tête légèrement tournée sur l'oreiller. Le prêtre lui a murmuré quelques mots pour l'accompagner dans son dernier vol. Nicole Zawadzki, anéantie, pleurait dans les bras du colonel Roussel. Il y avait aussi le commandant Herfeld et l'adjudant Mahoudo. Un autre militaire était parti accompagner la petite Ophélie à la danse parce qu'elle apprendrait bien assez tôt la mort de son papa.

Le lendemain, Nicole se rend à la mairie pour déclarer le décès. Les amis militaires de son mari l'accompagnent. Le maire de Sougy, Jean-Claude Ménard, et la secrétaire de mairie les reçoivent. Le ton est grave. Chacun y va de ce qu'il a entendu ou croit savoir. De quoi est mort M. Zawadzki ? La réponse n'est pas très claire. Sur place, le père Lefrançois a constaté, lui, que « Jean-Paul s'était vidé, le matelas était traversé... ». Alain Mahoudo, adjudant-chef mécanicien navigant à l'escadron 3/61 Poitou, a discuté avec le médecin de famille qui soignait le major à son domicile. « Il nous a signalé que M. Zawadzki avait des problèmes de tension, qu'il le suivait pour cela. Il pense qu'il avait une petite bronchite, qu'il a été victime d'une forte poussée de tension et qu'il a pu perdre connaissance, commencer à s'étouffer, se trouver la face du visage plaquée sur l'oreiller. Le médecin m'a expliqué l'avoir découvert allongé sur le lit mais le visage face à l'oreiller... » Le commandant Étienne Herfeld, chef des pilotes de l'escadron 3/61 de la base et ami personnel du major, a lui aussi parlé avec le médecin de famille, le docteur Trouillard-Perrot, mais la version qu'il a obtenue de la mort du major est légèrement différente. Le pilote raconte : « Lors d'une de mes visites, le dimanche avant son décès, le docteur Trouillard-Perrot m'a déclaré : "Il a beaucoup trop tiré sur la carcasse." »

C'est vrai que le major était exigeant avec lui-même. Adepte de musculation, il avait selon ses amis « pris six kilos de muscles » en s'entraînant quotidiennement durant son séjour à Libreville. Comment alors un homme aussi solide a-t-il pu s'en aller en un mois sans que personne ne soit capable de diagnostiquer son mal ? Seul le médecin de famille a suivi le major pendant son agonie. C'est lui qui l'a soigné. Le militaire souffrait des yeux, se plaignait de la tête. Il était très fatigué, ne quittait plus son lit. Tous ceux qui lui ont rendu visite pendant cette période se souviennent de ses yeux rouges, injectés de sang, qui lui faisaient peur à lui-même. Un incroyable mal indécelable, ni dans son sang, ni dans ses urines. Les analyses étaient parfaites. Seule sa tension se déréglait de façon totalement anormale et inexpliquée. Comme si quelqu'un l'avait maraboutée. Un mage diabolique plus fort que la médecine des hommes. Plus fort en tout cas que celle du docteur Trouillard-Perrot.

« Avant de se mettre en permission, Jean-Paul m'a expliqué qu'il s'était rendu à l'infirmerie de la base aérienne, explique le commandant Herfeld. Le médecin n'était pas présent et l'infirmier lui a remis un produit pour les yeux. Je pense que Jean-Paul était bien content de ne pas avoir rencontré le médecin de la base, sa crainte était d'être interdit de vol. D'ailleurs, pendant sa permission, je lui avais conseillé de se faire hospitaliser. Il ne voulait pas. Il m'avait déclaré qu'il était bien chez lui et que le médecin s'occupait de lui, il passait le voir deux fois par jour. Le matin même du décès il était également passé… »

***

À LA BA 123, LE COLONEL PONS qui dirige l'unité redoute d'envoyer à nouveau ses militaires en Afrique tant qu'il n'aura pas la garantie qu'aucun mal contracté là-bas n'est responsable de la mort de son chef mécano. Il faut impérativement éclaircir les causes du décès. L'angoisse est palpable dans les rangs. On parle à voix basse dans les hangars, au mess et dans les salles de briefing. L'histoire du major est au centre de toutes les conversations. Comme si son fantôme venait hanter les lieux.

Et puis il y a cette vilaine rumeur partie du village et parvenue rapidement à Bricy : le docteur Trouillard-Perrot aurait une liaison avec Nicole Zawadzki. Quand le major est en mission, la voiture du médecin reste stationnée pendant des heures devant le domicile du couple. Certes, il est le médecin de toute la famille mais rien ne justifie ces fleurs que les voisins le voient apporter à sa patiente, parfois, lorsqu'il pousse le petit portillon de la maison sa sacoche en cuir à la main. Oui, le médecin de campagne de 47 ans, père de trois enfants, en instance de divorce, celui que tout le monde respecte ici pour sa disponibilité, sa courtoisie et son grand savoir, cet homme irréprochable et insoupçonnable est l'amant de la veuve éplorée.

C'est le patron de la base aérienne qui va alerter la gendarmerie. Lorsqu'il apprend l'existence de cette liaison et fait le rapprochement avec la mort étrange du major, le colonel Pons décide d'en parler à un ami gendarme dans une unité de recherches. Le parquet est informé et, face à tous ces éléments suspects, décide d'ouvrir une information contre X pour homicide volontaire. Plusieurs équipes d'enquêteurs vont se partager les auditions des proches du major, de sa famille et fouiller dans la vie privée du couple.

Les parents de Jean-Paul Zawadzki vont apporter des éléments précieux sur la personnalité de leur belle-fille qui ne les aimait guère. Le 29 mai 1998, Jan Zawadzki, le père du major, déclare sur procès-verbal aux gendarmes de la brigade de recherches d'Orléans : « Entre leur mariage et le baptême de leur petite fille, nous ne les avons revus qu'à quelques reprises. Après ce baptême, nous ne nous sommes revus que très peu de fois jusqu'à l'année dernière où Jean-Paul commençait à revenir nous voir de temps en temps. Je ne sais pas pourquoi Jean-Paul venait nous voir si peu. En fait, j'avais l'impression que c'était Nicole qui l'empêchait d'avoir des contacts avec nous. Je ne sais pas pourquoi, elle ne voulait pas nous fréquenter. » Même version de Janina Zawadzki, la mère de Jean-Paul, entendue le même jour : « Depuis son mariage, nous n'arrivions pas à avoir de contacts avec lui, son épouse faisait barrage. Nous ne savions pas ce qu'ils faisaient. Lorsque ma petite-fille est née, je l'ai su quinze jours après. Nous n'avions pratiquement aucun contact téléphonique. D'ailleurs, nous n'avions même pas leur numéro. De temps en temps, je laissais des messages à la base de Bricy, mais ils restaient sans réponse. »

Une belle-fille qui tient ses beaux-parents à distance mais aussi un couple en proie à des difficultés financières importantes. Les enquêteurs découvrent que Jean-Paul et Nicole étaient criblés de dettes. « Au mois d'août 97, la dernière fois que Jean-Paul est venu nous voir, il nous avait dit que si ça continuait, il allait divorcer, poursuit son père lors de son audition. Il ne nous en a pas donné la raison. Quelque temps avant, il nous avait dit qu'il était interdit bancaire, qu'il avait des problèmes d'argent. »

Un peu plus d'un mois s'est écoulé depuis la mort de son mari. Nicole ignore totalement que son passé est décortiqué et que chacun de ses gestes est surveillé. La jeune veuve semble d'ailleurs se remettre très vite de l'absence de son compagnon. Ses vêtements noirs appartiennent déjà au passé. Son train de vie a subitement basculé. Le 22 avril, elle est allée acheter une BMW neuve à 140 000 francs (un peu moins de 20 000 euros). Elle qui jusqu'ici manquait de tout fait engager des travaux dans cette maison que les huissiers s'apprêtaient à saisir. Elle a aussi confié l'aménagement du terrain à un paysagiste. Nicole ne se cache pas. Sa vie a changé. Tout le monde s'interroge. Personne ne sait qu'elle vient de toucher le pactole avec l'argent du contrat décès-invalidité de son mari : 655 000 francs.

Chez les parents du major aussi, on s'interroge : « Son décès nous a été annoncé par Nicole le jour même par téléphone », témoigne Jan Zawadzki. Elle leur explique seulement que Jean-Paul « avait des problèmes de tension dus probablement à tous les efforts qu'il faisait dans son travail et à la musculation, sport qu'il pratiquait pour plaire aux minettes » (*sic*).

Jan Zawadzki se souvient d'avoir croisé sa belle-fille alors qu'ils arrivaient au funérarium pour voir le corps de leur fils : « Mon épouse lui a demandé s'il s'était suicidé. Nicole ne lui a pas répondu et est partie. À l'inhumation, Nicole et sa famille ne nous ont pas adressé la parole. » La mère du major, Janina Zawadzki, confirme cette version : « Nous n'avons pas assisté à la cérémonie militaire à la base aérienne. Personne ne nous en a parlé. Je pense que notre belle-fille a encore dû faire le nécessaire pour nous écarter. Nous étions présents à la cérémonie religieuse à Châteauneuf-sur-Cher. Nous y sommes retournés en mai. La pierre tombale était posée. Je trouve le décès de mon fils assez louche. Notre famille était stupéfaite. Nous voudrions comprendre ce qu'il s'est exactement passé. Mes enfants avaient même émis l'hypothèse d'un acte malveillant de la part de leur belle-sœur. Quant à moi, j'ai même envisagé que ma belle-fille ait pu empoisonner mon fils. »

Empoisonner le major Zawadzki ? Le seul moyen de vérifier cette accusation grave et le seul espoir d'en savoir plus est de procéder à une autopsie. Le corps doit être en parfait état puisque, avant son inhumation, il y a un peu plus de deux mois et demi maintenant, des soins de conservation ont été prodigués par un thanatopracteur.

Le 2 juin, quatre-vingt-trois jours après la mort du major, son cercueil est relevé de la fosse et son corps exhumé pour être transporté à Paris et autopsié par la professeure Dominique Lecomte, la patronne de l'Institut médico-légal. Il fait beau ce matin-là et le soleil brille sur les marbres des tombes. Dans celle de Jean-Paul Zawadzki, la rose blanche lancée par Ophélie a fané mais elle est toujours là. Les gendarmes vont remarquer cette fleur car plusieurs témoins leur ont raconté cette séquence bouleversante le jour des obsèques.

Destin ou hasard ? À l'instant même où se déroule cette scène pénible, une petite femme brune entre dans le cimetière de Châteauneuf-sur-Cher, un bouquet de fleurs à la main. Un gendarme se dirige vers elle pour lui expliquer que le périmètre est inaccessible. La visiteuse lui répond avec insistance qu'elle vient se recueillir sur la tombe de son mari... Jean-Paul Zawadzki !

Prévenu aussitôt par les enquêteurs, le juge d'instruction leur demande de la placer en garde à vue ainsi que le docteur Trouillard-Perrot. Le rythme de l'enquête vient subitement de s'accélérer. Dans les locaux de la brigade de recherches d'Orléans, l'audition de Nicole débute. Elle déballe les problèmes financiers qu'elle et son mari rencontraient. Le major percevait une solde mensuelle de 17 000 francs en moyenne. Les mensualités de leur pavillon s'élevaient à 4 800 francs pour un capital initial de 500 000 francs. En 1996, le couple n'était pas parvenu à honorer trois échéances, avant de reprendre les remboursements, mais l'arriéré subsistait, produisant des intérêts de sorte qu'une procédure contentieuse avait été déclenchée et qu'une saisie de leur maison était en cours.

Les gendarmes en arrivent aux circonstances de la mort de son mari, ce 11 mars 1998. Le sous-officier qui l'entend lui demande si elle a confiance en son médecin. Elle lui répond positivement. Oui, elle lui fait confiance : « Il m'a dit qu'il était mort d'asphyxie, que cette asphyxie était due à un malaise provoqué par une poussée de tension mais bon, je n'en sais pas plus. » Elle raconte que ce matin-là, Jean-Paul s'était réveillé plus tôt que d'habitude, moins fatigué, qu'il avait demandé un petit-déjeuner et qu'elle lui avait servi ce petit-déjeuner, copieux, dans la matinée. Elle raconte qu'il avait mangé de bon appétit...

Premier mensonge. Plusieurs heures ont passé déjà et à Paris, l'autopsie du professeur Lecomte est maintenant terminée. Le résultat contredit totalement la version donnée par Nicole Zawadzki : son mari est resté dans le coma pendant de très longues heures avant de décéder, comme en atteste l'observation du bulbe rachidien et du début de la moelle épinière qui n'étaient pratiquement plus irrigués au moment du décès. Il est impossible, comme vient de le prétendre sa femme, qu'il ait pu s'alimenter « copieusement » le matin même. Le major n'a rien dans l'estomac. La petite veuve de Sougy commence à montrer son vrai visage, celui d'une menteuse à l'aplomb incroyable.

Dans la pièce voisine, Michel Trouillard-Perrot reconnaît sa liaison avec Nicole, qui remonte au début des années 1990. Il n'en fait nullement mystère puisqu'il est séparé depuis 1994 de son épouse, qui a quitté le domicile conjugal pendant l'été 1997 pour aller rejoindre leurs deux filles étudiantes, à Tours. Ils ont eu ensemble trois enfants en 1976, 1978 et 1980. Il aime son métier, comme le savent déjà les gendarmes, et il est également le médecin des pompiers d'Orgères-en-Beauce.

De son côté, Nicole s'accroche à son deuxième mensonge : elle nie maintenant être la maîtresse du médecin. Elle reconnaît qu'il est un ami très proche, qu'il est son confident, mais rien de plus.

Arrivé à la hâte dans les locaux de la brigade de recherches, après un appel des gendarmes, le docteur Trouillard-Perrot n'a évidemment pas croisé sa maîtresse. Il ignore jusqu'ici que le corps du major a été exhumé et que les premiers éléments de l'autopsie sont déjà sur le bureau des enquêteurs. L'adjudant-chef Michel Maillard, sous-officier à la BR d'Orléans et directeur d'enquête, joue cette carte, qui produit l'effet escompté, comme il le dira plus tard : « À partir de cet instant, il est médecin, il sait ce qu'il va se passer par la suite. Autopsie, toxicologie donc résultats d'analyses, et à partir de ce moment-là, il se dit, bon, je vais vous raconter la vérité, je vais vous dire ce qu'il s'est passé. » Oui, il est responsable de la mort du major. C'est lui, avec l'aide de sa maîtresse, qui lui a administré plusieurs cocktails de médicaments pour le faire mourir…

*
* *

Les gendarmes ne tiennent pourtant que le début de la vérité. Le pire de ce qu'ils vont entendre et acter est à venir. C'est un scénario hitchcockien que commencent à retranscrire les enquêteurs de part et d'autre de cette cloison. Oui, le docteur a assassiné Jean-Paul Zawadzki mais il a surtout « tué un salaud », car le militaire était un homme violent qui frappait sa femme et lui faisait subir des violences sexuelles. Une femme terriblement dépressive et angoissée, démolie psychologiquement et au bord du suicide. Le long récit commence. Ils se sont connus, elle et lui, comme médecin et patiente et, dès le premier regard, cela a été le coup de foudre. Il est immédiatement touché par cette femme très déprimée. Son mari est parti participer aux opérations de la guerre du Golfe. Nous sommes en 1991. C'est une femme seule et abandonnée qu'il a face à lui. Une femme qui n'a visiblement connu que des malheurs. Un père naturel dont elle ne se remet pas de la mort, un frère jumeau décédé à 15 ans. Le docteur Trouillard-Perrot l'écoute et se met à l'aimer dans son malheur. C'est là qu'elle lui avoue la « vérité ». Elle lui montre des traces de griffures sur son bas-ventre, au niveau des organes génitaux. Quand son mari repart, elle porte des pansements, des bandages sous lesquels elle cache, dit-elle, les traces des coups qu'il lui a portés.

Les gendarmes lui demandent s'il a lui-même constaté les coups sur le corps de Mme Zawadzki. Le médecin commence par répondre positivement puis se ravise plus tard en déclarant qu'il croit les avoir vus. Bref, il ne sait plus très bien. En tout cas, elle se plaignait constamment de nouvelles agressions commises sur elle et sur sa fille par son mari, sentiment entretenu par des appels téléphoniques réguliers et souvent nocturnes de Nicole que le médecin recevait à son domicile. Des appels incessants, jusqu'à vingt-cinq à trente fois par nuit, à son domicile. Des communications qui pouvaient durer une ou deux heures où elle se plaignait de son mari et de sa vie. Le médecin n'en dormait plus. C'est à ce moment-là que sa femme a décidé de le quitter. L'enquête révélera plus tard qu'il était comme un zombie, ravagé de fatigue à assumer ses douze heures de visites et de rendez-vous par jour sans jamais dormir la nuit.

Une femme battue par un monstre. Voilà la situation qu'avait découverte Michel Trouillard-Perrot en entrant dans la maison puis dans la vie de Nicole. Pendant son audition, la perquisition menée au cabinet du médecin, à Orgères-en-Beauce, en Eure-et-Loir, permet de découvrir trois certificats médicaux datés des 6 avril, 19 et 22 septembre 1994 rédigés par lui au vu des constatations « qu'il a personnellement effectuées » : outre la mention des allégations de violence et de douleur émanant de Nicole Zawadzki, il certifie dans ces trois documents la présence d'hématomes volumineux dans la zone de la fosse iliaque droite. Dans le certificat du 22 septembre, il note des lésions semblables dans la fosse iliaque gauche et sur la face interne de la cuisse gauche de sa patiente. Les gendarmes ont observé que ces documents présentent des incohérences. Le médecin se défend en répondant que le certificat du 22 septembre saisi à son domicile n'était qu'un brouillon qu'il a remanié ultérieurement. Nicole lui avait également raconté qu'en plus des violences physiques et sexuelles qu'il lui imposait, son mari venait parfois à la maison avec d'autres hommes qui la brutalisaient eux aussi. Questionné sur ce point, le docteur Trouillard-Perrot précise cependant aux gendarmes que les déclarations de Nicole à propos de ces violences alléguées étaient changeantes. Elle lui avait confié avoir engagé des procédures contre les auteurs auprès du parquet de Bourges, dont aucune n'avait abouti. Nicole Zawadzki lui avait également affirmé qu'elle avait déposé plainte à Bourges pour des violences commises sur Ophélie par son père. Elle lui avait parlé d'autres plaintes encore relatives à des menaces téléphoniques écrites et à « l'enlèvement et la séquestration d'Ophélie par son père ». Aucune de ces plaintes n'ayant abouti, le médecin explique aux gendarmes sidérés qu'il en avait fini par imaginer une « corruption de la justice ». Aux enquêteurs qui lui demandent une fois encore s'il n'a pas le sentiment d'avoir eu affaire à une affabulatrice, l'amant répond que même s'il avait conscience du « caractère chimérique de telles assertions », utilisant lui-même le terme de « roman-feuilleton », il n'a cependant pu renoncer à laisser « le bénéfice du doute à l'amour ». Et pourtant, plusieurs fois, il a tenté de vérifier par lui-même. En novembre 1995, il s'était rendu dans le Cher pour confirmer l'existence de la propriété « Les petits gazons », un foyer logement dont Nicole prétendait qu'elle avait été la directrice bénévole avant de finalement lui avouer la vérité : elle n'y avait été qu'employée à temps partiel. Le 15 août 1996, il était descendu à Bourges où il pensait avoir identifié, grâce à la description que Nicole lui en avait faite, « la maison de sa grand-mère », située près de la cathédrale.

Comment aurait-il pu douter d'ailleurs puisque Nicole n'était pas la seule à se plaindre des agissements de Jean-Paul ? Ophélie aussi souffrait du comportement de son père. Le médecin raconte aux gendarmes que ses appels à Nicole étaient parfois interrompus par des interventions de la fille du couple criant à sa mère : « Attention le voilà ! » en entendant rentrer son père. Et puis, il y avait ces lettres accompagnées de dessins que la petite lui envoyait où elle se plaignait de l'attitude, de la violence et de la méchanceté de son père. Des lettres que les gendarmes ont effectivement retrouvées en perquisitionnant le cabinet du médecin. Non, Michel Trouillard-Perrot n'a jamais vu l'enfant les confectionner elle-même mais seulement terminer certaines d'entre elles. Les lettres lui étaient remises par Nicole. Ophélie avait donné un surnom au médecin. Elle l'aimait bien. Elle l'appelait « Toutouille ». En plus des lettres et des dessins qu'elle lui adressait, il communiquait avec elle en lui laissant des messages sur le tableau noir qui se trouvait dans sa chambre. Et elle lui répondait, avec la même petite écriture que sur les lettres qu'elle lui adressait.

Nicole battue et au bord du suicide, Ophélie malheureuse mais aussi la tante de Nicole : « La tante Julie, explique le médecin aux gendarmes, qui s'est mise à m'appeler tous les soirs. » La « tante Julie » que Michel Trouillard-Perrot n'a jamais réussi à rencontrer malgré toutes ses tentatives. Depuis 1995 jusqu'à la mort du major, c'est elle qui l'appelait, plusieurs fois par semaine, pour lui rappeler la menace qui pesait sur sa nièce et l'urgence de faire quelque chose pour l'aider. Le médecin n'avait pas le numéro de la tante de

Nicole et il y avait une raison à cela : elle lui avait expliqué qu'elle avait dû changer plusieurs fois parce qu'elle était victime d'appels malveillants et avait fini par obtenir un abonnement « sous un autre nom que le sien » grâce à sa fille qui « travaillait à Paris, à France Telecom ». Cette tante qui enjoignait le bon docteur d'intervenir, enfin !

Les gendarmes, effarés par son récit, le relancent par moments. Oui, bien sûr, il lui est arrivé de penser que cette vieille tante pouvait être un personnage imaginaire, mais comment expliquer alors que pendant qu'il était au téléphone avec elle, il avait vu plusieurs fois le numéro de Nicole qui tentait de le joindre s'afficher sur l'écran de son portable ? Il y avait donc bien deux personnes différentes, d'un côté Nicole et de l'autre la tante Julie puisque le numéro de l'une s'affichait alors qu'il était en conversation avec l'autre ! Au téléphone, la tante Julie prétendait habiter à Saint-Doulchard. À force d'insistance, début novembre 1996, Nicole avait enfin remis l'adresse de sa tante à son amant. Le docteur raconte aux gendarmes que le 4 de ce mois, il l'avait attendue en vain pendant deux heures à l'endroit fixé pour le rendez-vous. Le lendemain, Nicole lui expliquait que Julien Dubourg, le mari de la tante Julie, était décédé le jour même du rendez-vous qu'ils avaient fixé. Quel manque de chance...

Est-il possible qu'il n'ait pas reconnu la voix de Nicole se faisant passer pour cette fameuse tante ? Michel Trouillard-Perrot parle des fonds sonores qui accompagnaient la plupart du temps la voix de la tante Julie qui lui expliquait qu'elle avait des enfants en garde. « Oui, c'est vrai, dit-il, qu'il y avait parfois des intonations similaires, mais cela pouvait provenir de leur lien de parenté. En tout cas, la voix de la tante était celle d'une personne qui me paraissait plus âgée. »

En fin de compte, même s'il lui est parfois arrivé de douter, il était convaincu de l'existence de cette tante et de plusieurs de ses sœurs parce qu'à l'occasion des quarante ans de Nicole, elles lui avaient envoyé chacune un bouquet de fleurs par semaine pendant quarante semaines. L'employée de maison du docteur avait d'ailleurs confirmé cette information et l'explication de cette avalanche de fleurs qu'elle tenait elle-même de Nicole, car la maîtresse du médecin rapportait chaque semaine son bouquet de fleurs chez lui.

Comment le major est-il mort ? La version donnée par le médecin est linéaire et chronologique. Au début du mois de février 1998, les deux amants ont définitivement pris la décision de se débarrasser de lui. Le premier scénario consistait à lui injecter du potassium en intraveineuse, « comme le font les médecins qui veulent se tuer », explique-t-il à Nicole dont il confie qu'elle « revivait » à cette idée. À son retour d'Afrique, Jean-Paul présente une toux tenace et demande à sa femme de lui acheter du sirop. Trouillard-Perrot lui indique un antitussif sédatif, le Toplexil, dans le but de le calmer et fait administrer au major par son épouse un neuroleptique et un anxiolytique qu'elle mélange à un grog, puis dilue dans une soupe, entre le 10 et le 14 février. Il s'agit de l'endormir afin de lui administrer l'injection de potassium sans qu'il s'en rende compte. Le 11 février, elle appelle son amant pour l'informer que son mari s'est endormi. Arrivé sur place, le médecin considère qu'il ne dort pas assez profondément. Il explique aux gendarmes que Nicole va lui reprocher cet échec. Le 12 février, de peur d'être reconnu par le major au moment où il lui fera la piqûre, le médecin décide de se raser la barbe. Les deux amants effectuent une nouvelle tentative mais, une fois de plus, le médecin renonce de peur que le militaire ne se réveille pendant la piqûre.

Le 14 février 1998, Jean-Paul est pris de vomissements, de diarrhées et d'une hémorragie sous-conjonctivale. Michel Trouillard-Perrot change de plan et remplace l'un des médicaments appropriés à ses symptômes, le Dazène, par de l'Isoptine, un produit de nature à induire des troubles du rythme cardiaque et se présentant comme le Dazène, sous forme de dragées. Selon lui, c'est Nicole qui est allée acheter l'Isoptine en pharmacie. Au domicile du médecin, les deux amants ont ensuite opéré la substitution des dragées avant de les donner au major. L'administration de ce produit ne produit aucun effet sur le militaire mais des troubles de la tension apparaissent alors, troubles sans rapport, selon Trouillard-Perrot, avec l'Isoptine, mais qui vont lui fournir le prétexte de venir plus souvent. Il décide alors, en raison de l'anxiété de Jean-Paul Zawadzki face à son état de santé qui ne cesse de se dégrader, de lui prescrire un médicament à base de magnésium qui se présente en gélules. Le médecin vide alors les gélules de leur contenu et les remplace par un bêtabloquant et un antiarythmique consciencieusement pilés pour former une poudre. Selon lui, une nouvelle fois, Nicole participe à la manipulation. Les examens du major restent normaux, le malheureux est terriblement résistant et oblige ses empoisonneurs à trouver une autre stratégie. Le médecin se résout alors à utiliser des comprimés de Glibénèse, un hypoglycémiant qui sera également dissimulé dans les gélules de magnésium vidées de leur contenu initial. Après une première prise, partiellement infructueuse, il en prescrit une seconde qui fera enfin progressivement sombrer Jean-Paul Zawadzki dans un coma hypoglycémique et provoquera son décès.

Nicole Zawadzki finira par reconnaître devant le juge d'instruction sa liaison avec le docteur Trouillard-Perrot tout comme sa participation à l'empoisonnement de son mari. Cependant, elle affirme que c'est son amant qui lui aurait proposé de la débarrasser de son époux. Aux objections d'ordre moral qu'elle soulevait, il lui aurait rétorqué : « Il a abusé de toi, il a frappé ta fille. Un jour, très bientôt, il abusera de ta fille... » C'est cette phrase qui l'aurait décidée mais elle se serait ravisée dans la nuit du 10 au 11 mars, demandant au médecin de tout arrêter. Trouillard-Perrot lui aurait répondu qu'il était trop tard et que le processus était irréversible.

Des aveux de courte durée sur lesquels elle reviendra en grande partie, prétendant avoir été mise devant le fait accompli par son amant et tout ignorer des « soins » qu'il avait prodigué à son mari dans la nuit du 10 au 11 mars, alors qu'elle s'inquiétait de la respiration bizarre de Jean-Paul. La veuve noire de Sougy a même tenté d'accréditer l'idée que l'empoisonnement de Jean-Paul avait été projeté par le seul docteur Trouillard-Perrot, à son insu, et même contre sa volonté. À la fin de l'information judiciaire, elle soutenait encore que les aveux formulés dans le bureau du juge avaient été dictés et exigés par son amant.

La vérité judiciaire, la seule des vérités, est tombée le vendredi 22 juin 2001. À l'issue d'un procès de trois jours, avec vingt-sept témoins et dix experts, où le docteur Trouillard-Perrot a plaidé coupable après avoir réalisé qu'il avait été le bras meurtrier d'une manipulatrice qui ne lui adressait plus aucun regard d'amour, la justice l'a condamné à vingt ans de réclusion criminelle. Nicole a eu beau clamer son innocence, affirmer qu'elle n'avait aucune responsabilité dans le meurtre de Jean-Paul qui était « le seul homme qu'elle ait jamais aimé », maintenir qu'il était violent avec elle, hurler qu'elle ne s'était jamais fait passer pour la tante Julie, la cour d'assises l'a condamnée à une peine de vingt-cinq ans. Cinq années de plus que son amant qui a eu le courage d'assumer ses responsabilités, de se montrer digne et responsable face à cette toute petite femme arrogante qui mentait avec un tel aplomb devant des preuves aussi éclatantes que le public de la cour d'assises finissait par hurler de rire et s'esclaffer dans la salle d'audience. Car tout était faux : le major n'a jamais battu ni violé sa femme. Il aimait profondément sa fille Ophélie et était pour elle le meilleur des pères. Les pansements de Nicole ne cachaient aucune blessure. Elle n'a jamais eu ni père naturel ni patrimoine légué par lui. Son frère jumeau prétendument mort à 15 ans n'a jamais existé. Sa grand-mère n'a jamais eu de maison au pied de la cathédrale de Bourges. Elle n'a jamais été en instance de divorce, comme elle le disait à son amant. Le major ne s'intéressait pas aux « minettes » comme elle le prétendait. Elle n'a jamais déposé aucune plainte contre lui ou de prétendus agresseurs. Elle avait elle-même rédigé les lettres de sa fille Ophélie après l'avoir fait dessiner sur des morceaux de papier, comme l'ont révélé les experts en écriture et le témoignage d'Ophélie elle-même, qui a nié être l'auteur de ces lettres. La tante Julie n'a jamais existé, ni son mari Julien. Qui d'autre que Nicole pouvait se glisser dans la peau de cette prétendue « vieille tante » ?

Provocatrice jusqu'au bout, Nicole Zawadzki a immédiatement fait appel de ce jugement. Michel Trouillard-Perrot, lui, a accepté sa peine mais il était impossible de rejuger l'un sans rejuger l'autre. Le parquet général a donc tranché en faisant appel des deux condamnations. En mars 2002, l'audience a duré quatre jours. Le docteur a vu sa peine confirmée en appel, tandis que celle de sa complice était alourdie de trois ans. FIN

DANS LA MÊME COLLECTION :

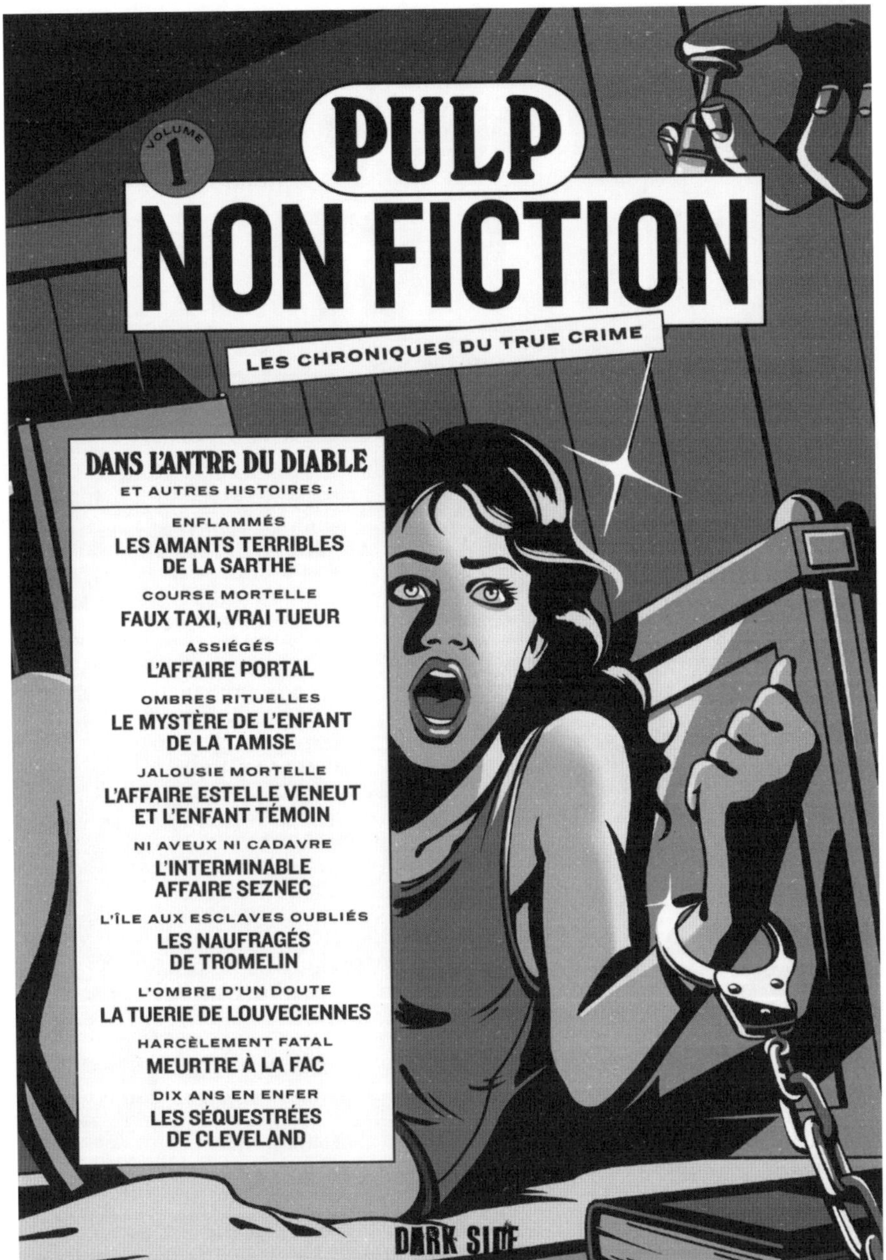

DÉJÀ EN LIBRAIRIE

DANS LA MÊME COLLECTION :

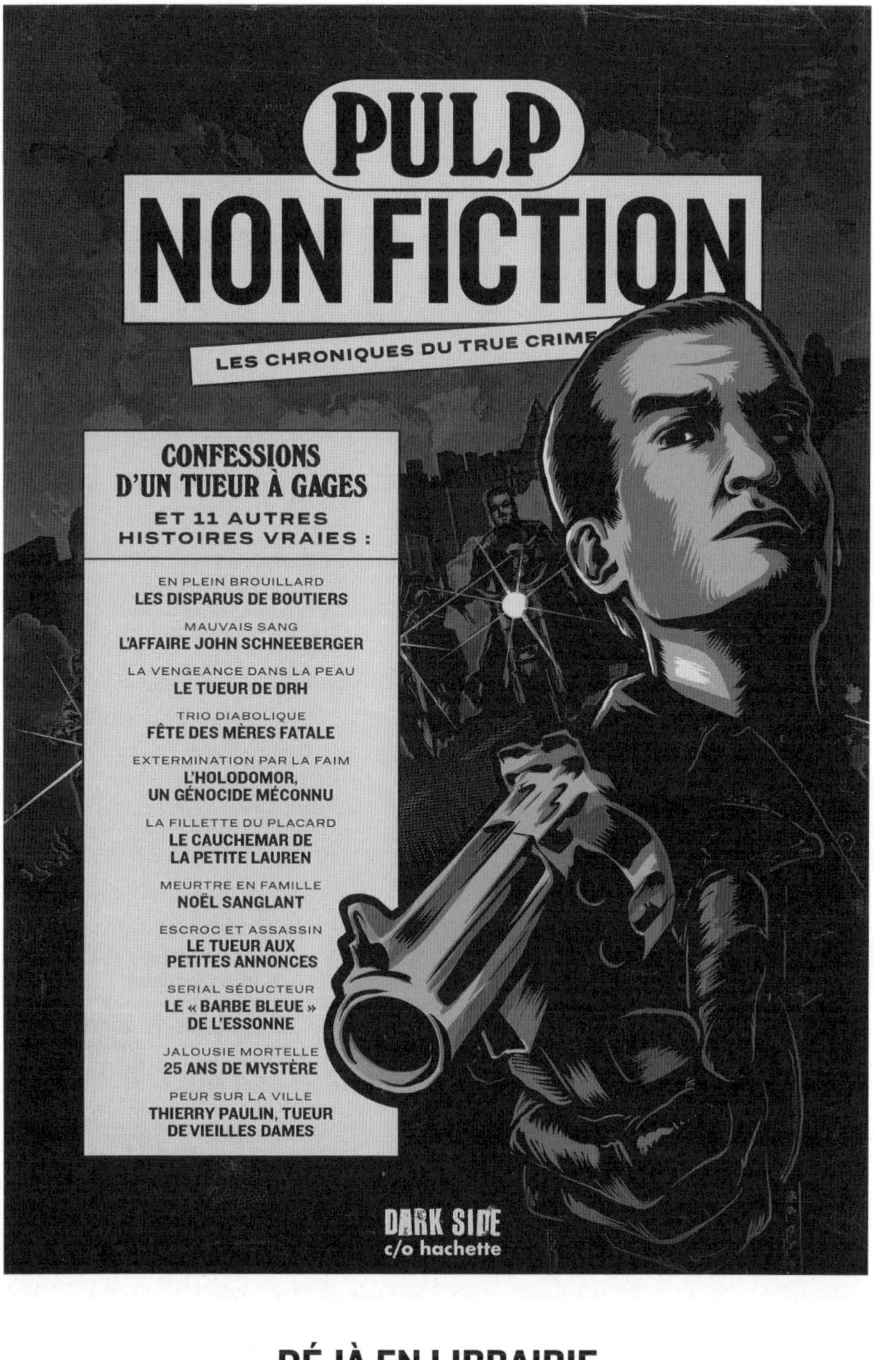

DÉJÀ EN LIBRAIRIE

DARK SIDE

**Quand la réalité dépasse la fiction,
on imprime la réalité.**

Cette variante de la célèbre citation du film *L'homme qui tua Liberty Valance* illustre la ligne éditoriale de Dark Side : le fait criminel réel, le *true crime* pour les Anglo-saxons, souvent présentés comme les inventeurs de cette longue tradition de narration, avec en point d'orgue le majeur *De sang froid* de Truman Capote. Une tradition qui se diffuse désormais sur tous les médias : cinéma, séries, podcasts...

Car souvent la réalité semble bien plus glaçante que la fiction, fait écho à nos parts d'ombre, fascine, parfois jusqu'aux confins du voyeurisme. C'est là qu'interviennent le talent de l'auteur et la responsabilité de l'éditeur : dépeindre la noirceur sans jamais excuser ni glorifier, écrire l'horreur pour mieux la mettre à distance. Libre au lecteur de juger.

Lecteur qui pourra explorer avec Dark Side et ses différentes collections ce vaste continent de nos réalités les plus sombres : faits divers et autres affaires criminelles connues ou moins connues, criminalité organisée et trafics en tous genres, grand banditisme, tueurs en série... Le champ est tristement inépuisable.

Imprint, Dark Side c/o hachette
58, rue Jean Bleuzen – 92178 Vanves Cedex
www.editionsdarkside.com

Direction Dark Side : Catherine Talec
Direction éditoriale : Stéphane Rosa
Responsable de projet : Mélanie Jean
Direction artistique : Sophie Hanoun
Suivi éditorial : Camille Lenglet
Contribution rédactionnelle : Le Nouveau Détective/Éditions Nuit et Jour (Julie Rigoulet), Frédérique Lantieri, Anne-Sophie Martin, Dominique Rizet
Illustration de couverture et illustrations intérieures : Olivier Laude
Mise en pages : Nord Compo
Préparation de copie : Alice Monéger
Relecture : Anne Chougnet
Fabrication : Grégory Martin
Responsable partenariats : Dana Lichiardopol (dlichiardopol@hachette-livre.fr)

Achevé d'imprimer en octobre 2024 par Unigraf en Espagne.
Dépôt légal : novembre 2024

36-1274-9/01
ISBN : 978-2-01-723466-1

PAPIER À BASE DE FIBRES CERTIFIÉES

hachette PRATIQUE s'engage pour l'environnement en réduisant l'empreinte carbone de ses livres. Celle de cet exemplaire est de :
450 g éq. CO_2
Rendez-vous sur www.hachette-durable.fr

L'éditeur utilise des papiers composés de fibres naturelles, renouvelables, recyclables et fabriquées à partir de bois issus de forêts qui adoptent un système d'aménagement durable. L'éditeur attend également de ses fournisseurs de papier qu'ils s'inscrivent dans une démarche de certification environnementale reconnue.